CB059948

Tempo de Aprendizado

Textos extraídos dos livros de
Roselis von Sass

ORDEM DO GRAAL NA TERRA

Editado pela:

ORDEM DO GRAAL NA TERRA
Caixa Postal 128
06803-971 - Embu - São Paulo - Brasil
www.graal.org.br

Dados Internacionais de Catalogação na Publicação (CIP)
(Câmara Brasileira do Livro, SP, Brasil)

Tempo de Aprendizado / textos extraídos dos livros de Roselis von Sass.
— Embu, SP : Ordem do Graal na Terra, 2006.

ISBN 85-7279-085-3

1. Conduta de vida 2. Contos brasileiros 3. Filosofia 4. Natureza
5. Relações interpessoais
I. Sass, Roselis von.

05-7881   CDD-869.93

Índices para catálogo sistemático:
1. Contos : Literatura brasileira   869.93

Textos extraídos dos livros de Roselis von Sass.

Impressão: RR Donnelley Moore

Copyright © ORDEM DO GRAAL NA TERRA
São Paulo, Brasil, 2006.
Direitos reservados.

Projeto Gráfico
Geraldo Jesuino
Indaia Emília Schuler Pelosini

10   9   8   7   6   5   4   3   2   1

Buscar o sentido da vida, os "porquês" da existência, é o foco e a meta da obra de Roselis von Sass. Em onze títulos publicados, sob forma de romance ou temas diversificados, há na autora o constante incentivo à reflexão. Conhecer sua obra em todas as nuances, de maneira integral, é, de um lado, partilhar do encanto de um mundo há muito extinto, e, de outro, cair de modo perplexo na realidade esclarecedora e necessária.

Neste livro, mais imagem que texto, o leitor encontra uma pequena mostra dos pensamentos da escritora, por meio de frases de valor eterno e contos que fazem ressurgir o passado, tomando formas no presente. Seguir adiante por estas páginas pode ser o início de uma jornada marcada por encantos e novos descobrimentos. O vigor e as revelações, no entanto, ficam reservados à obra completa de Roselis von Sass.

Começai cada novo dia com gratidão no coração! E sede conscientes de que cada vida terrena encerra um tempo de aprendizado!

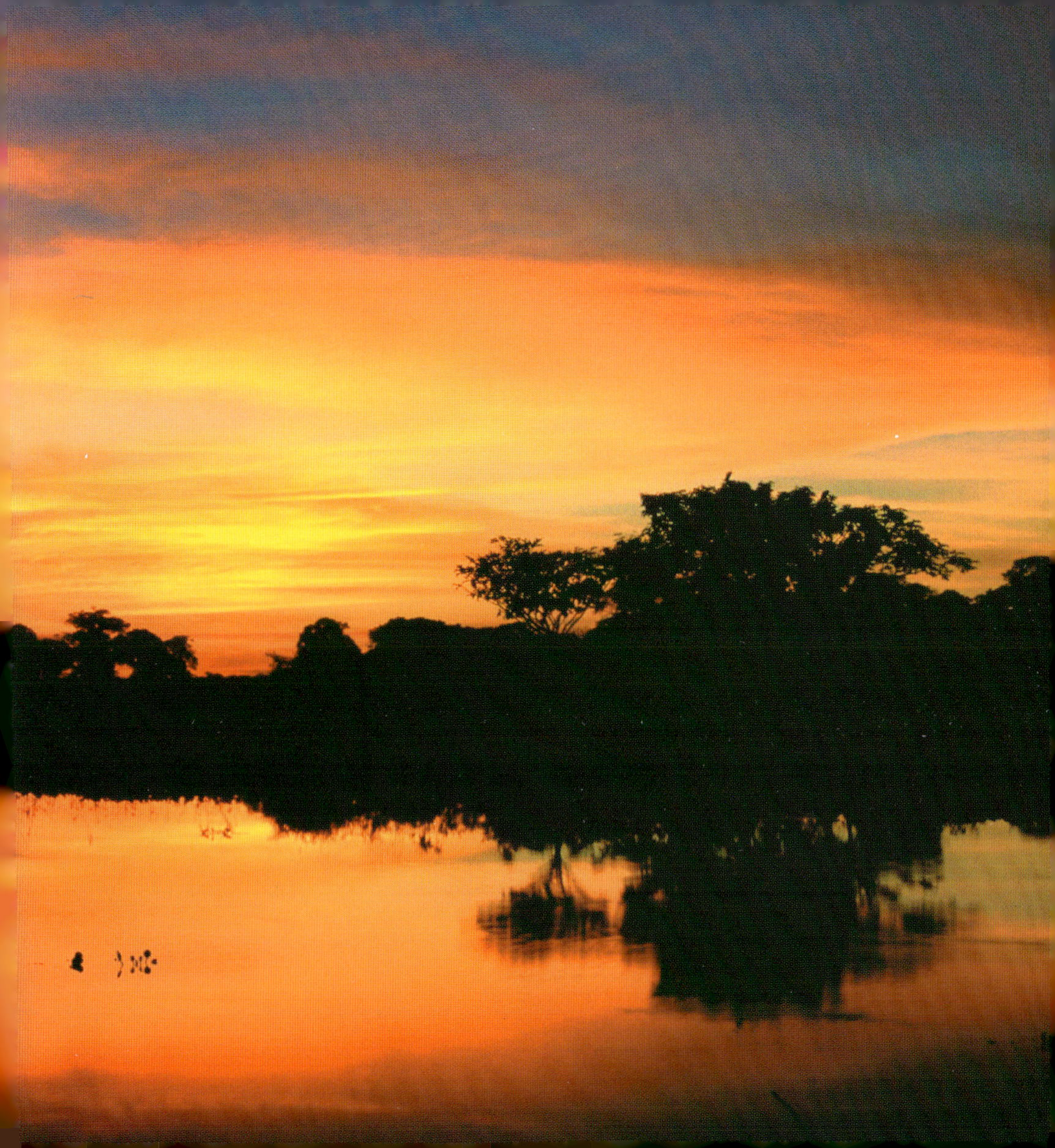

Há situações na vida que despertam forças inimaginadas no ser humano, proporcionando-lhe a vitória.

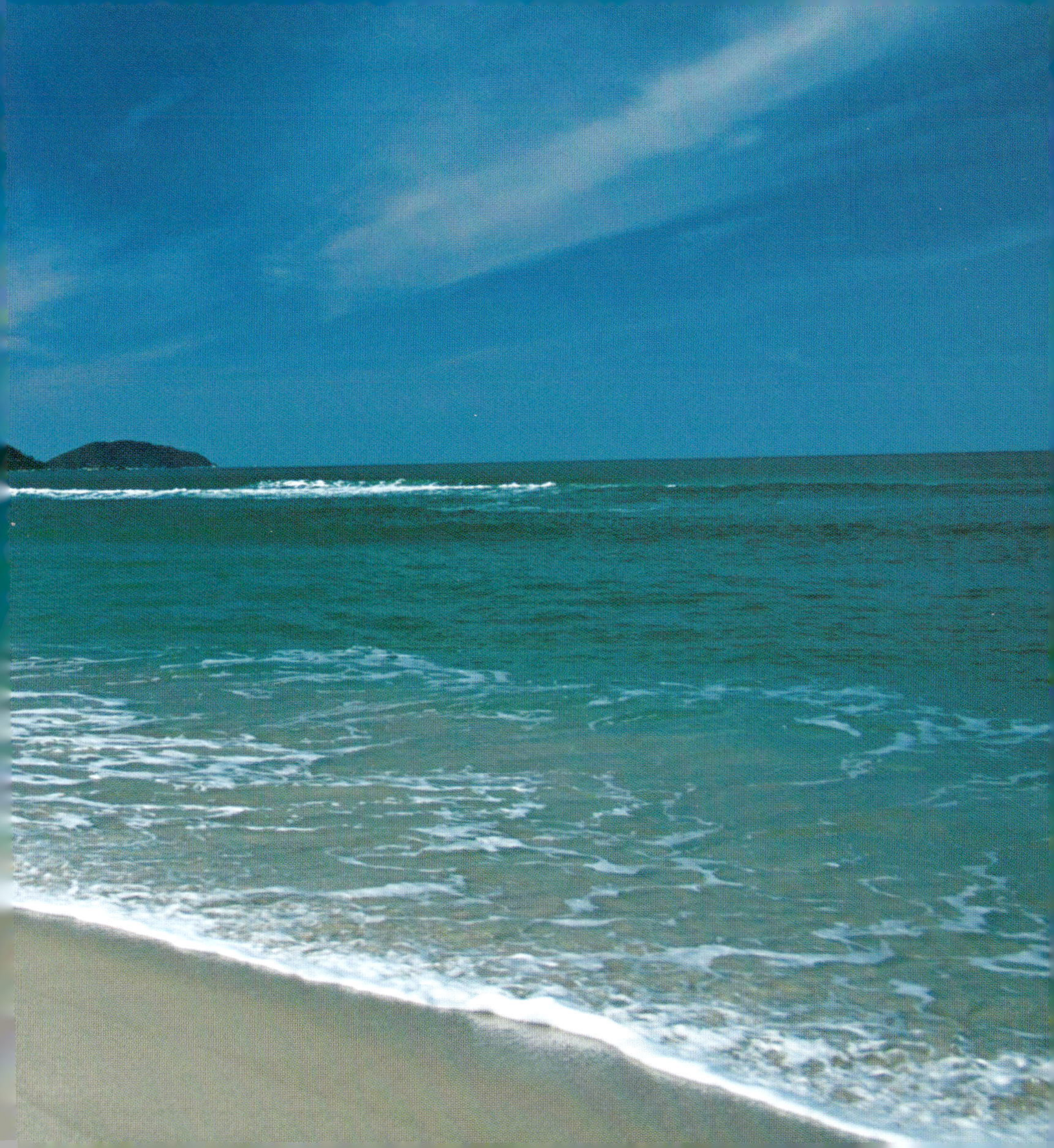

Cuida da pureza dos teus pensamentos, porque só assim encontrarás a paz e a felicidade!

10

As palavras formadas pelos seres humanos devem assemelhar-se a correntes de pérolas de ouro, que alegram e enfeitam o próximo.

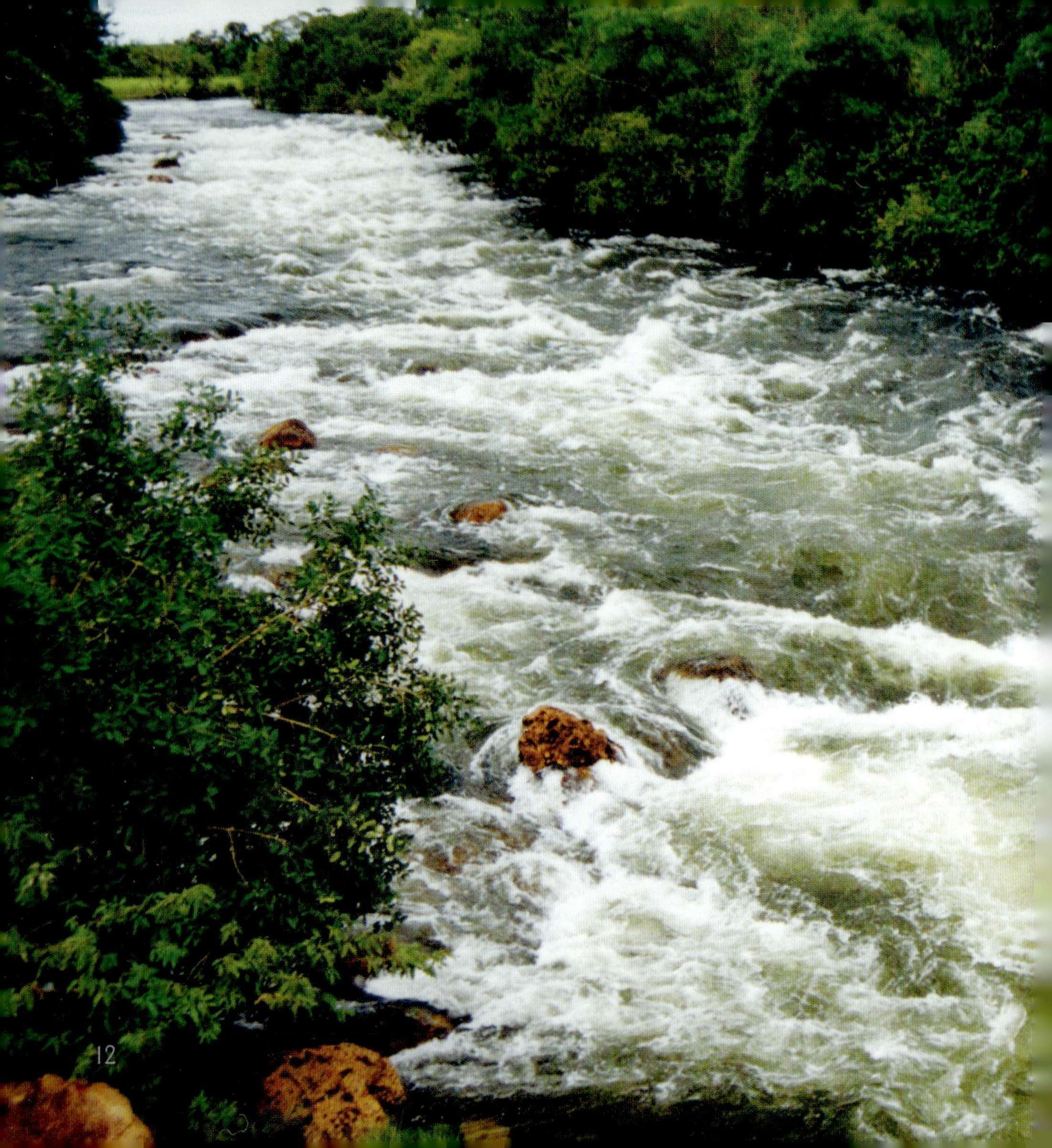

As propriedades espirituais do ser humano que o impulsionam à atividade são: verdade, sabedoria, pureza, justiça, bondade e a disposição de ajudar... Elas proporcionam dignidade e poder aos seres humanos!

Cada animal, até mesmo o ínfimo inseto, tem sua razão de ser no mundo! Todos eles contribuem, com sua espécie, para que o equilíbrio na natureza nunca seja perturbado!

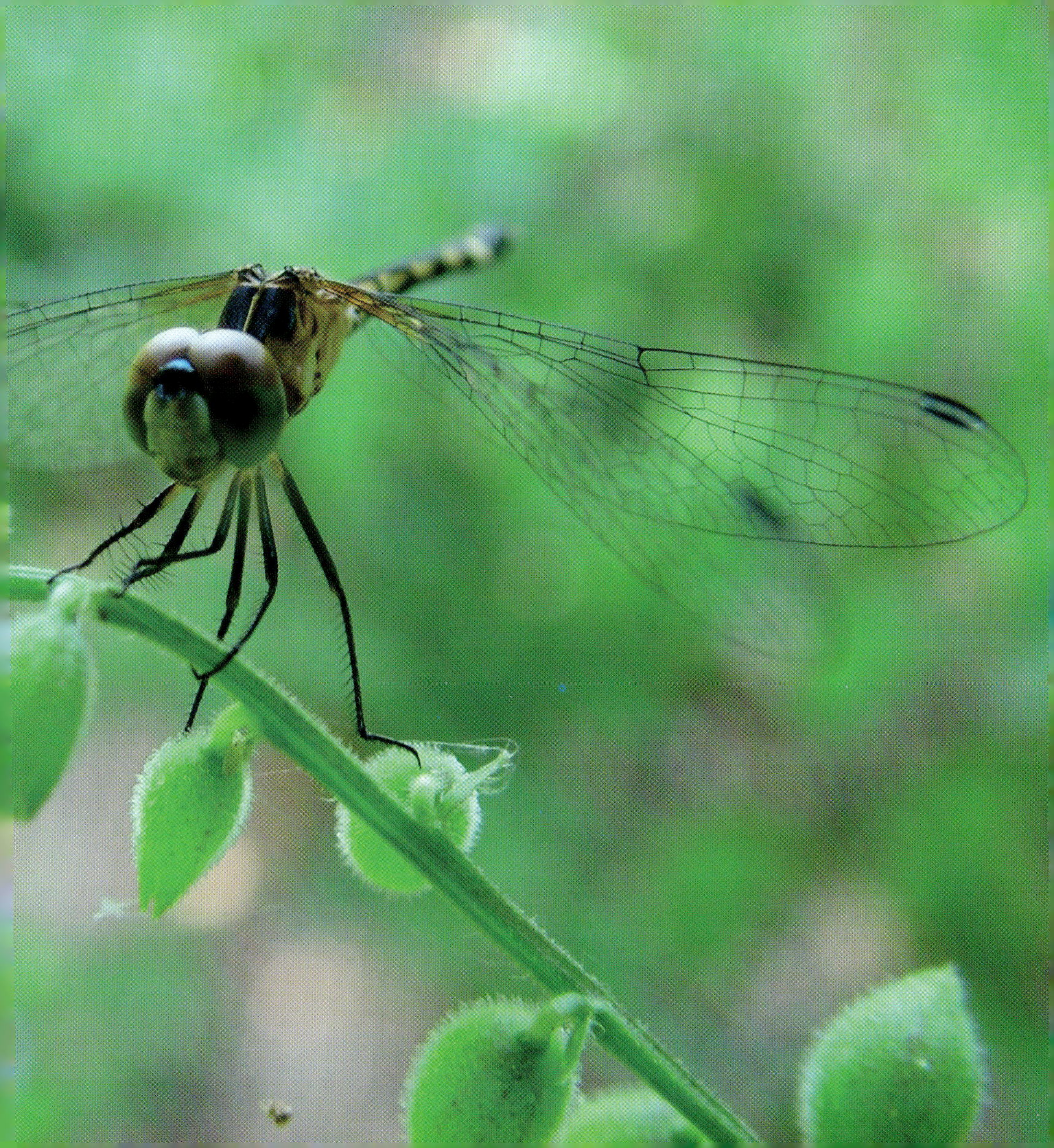

Vive de tal modo
que ninguém sofra
por tua causa!
Mantém-te livre
de pensamentos
errados!
Pensamentos são
como sementes que
colocas no solo!

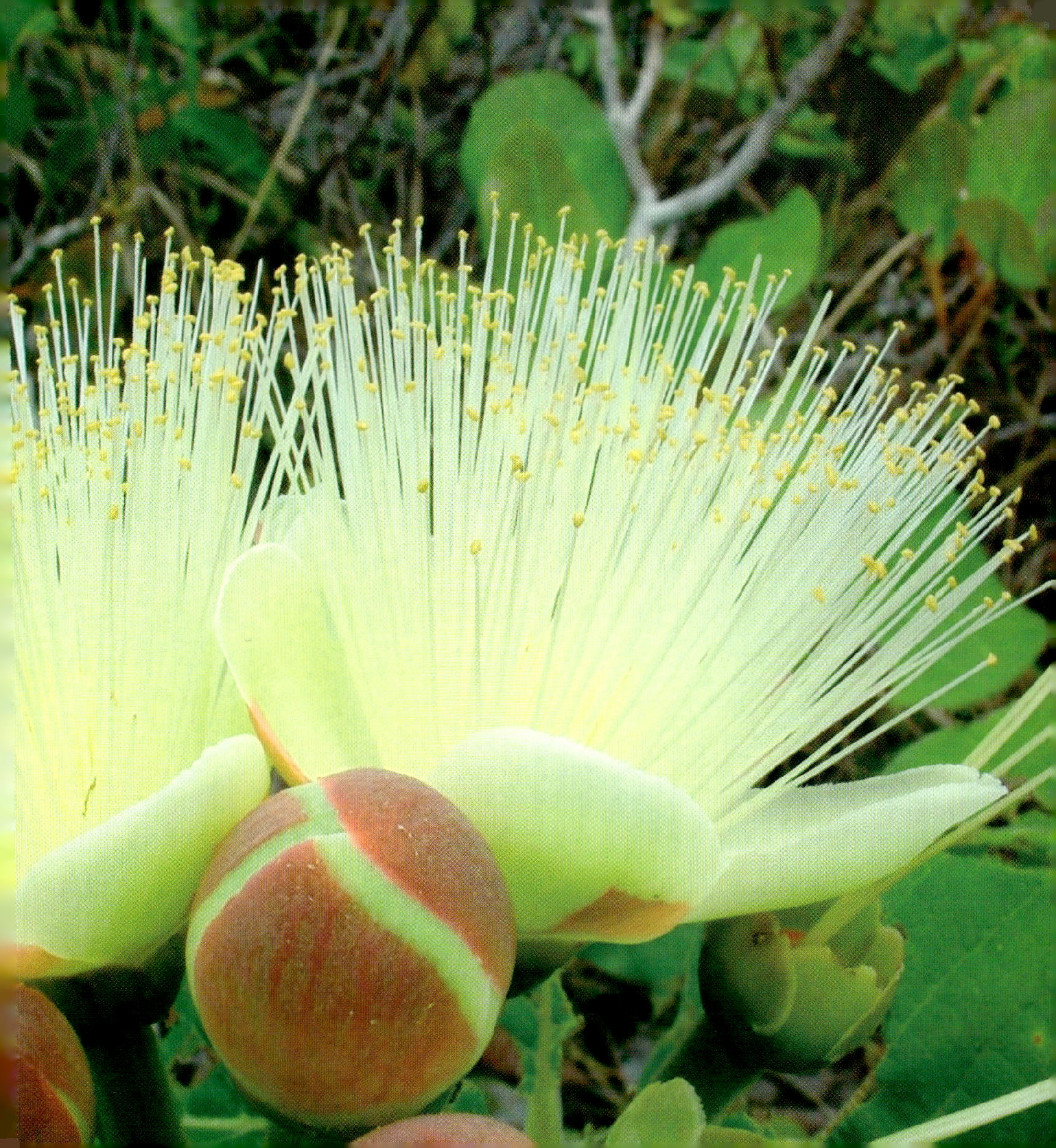

18

Minha alma te procura, minha alma te chama!

Conto de Roselis von Sass

Um súbito ruído de pneus de automóvel violentamente freado, acompanhado de um grito agudo, chamou a atenção das poucas pessoas que passavam na Avenida Atlântica. O luxuoso carro de cor verde parou atravessado na avenida. Ao lado da roda dianteira, deitada, estava uma jovem em traje de banho. O acidente ocorreu quando o automóvel transitava em frente a um dos grandes hotéis, no momento em que a moça, sem observar o tráfego, atravessava a avenida para atingir a praia.

Pálidos de susto, acorreram para a jovem sua mãe e um moço, o qual soube-se posteriormente tratar-se do marido da vítima. Algumas pessoas aglomeraram-se em torno do carro. Um policial acercou-se para verificar e tomar as providências necessárias. Ao volante, paralisada, uma jovem loira foi imediatamente reconhecida pelos curiosos como sendo a cantora Yara Cortese.

A vítima foi imediatamente transportada para o hotel em frente ao local do acidente, onde um médico, felizmente presente, a assistiu, constatando inicialmente apenas uma fratura de tornozelo. No entanto, somente no hospital seria possível verificar se havia ferimentos internos. De qualquer modo, porém, era grave o estado emocional em que a paciente se encontrava.

O marido da vítima retornou precipitadamente à rua, a fim de pedir explicações ao motorista. Quando, porém, se aproximava viu que a causadora do acidente era uma pálida e amedrontada moça que, apanhada em flagrante, já vinha sendo conduzida por um policial na direção do hotel que acolhera a vítima. Sua ira desvaneceu-se, ao observar o olhar angustiado e desesperado da jovem loira. À primeira vista ela lhe pareceu conhecida, e ele pensou:

"Onde eu teria visto esses grandes olhos verdes?"

Enquanto ambos se olhavam, chegou a ambulância. A vítima foi rapidamente posta numa maca e transportada para o hospital. O marido, Alberto Fontes, acompanhou a maca, entrando também na ambulância. Sua jovem esposa, Celina Andrade Fontes, repousava com os olhos entreabertos. Já havia voltado do choque e estava consciente. Depois, fitando o rosto do marido demoradamente, balbuciou:

— Não me abandones!

— Nunca, respondeu Alberto, olhando carinhosamente nos olhos da esposa...

Celina recuperou-se lentamente. Necessitou de mais de uma semana para sair daquele estado emocional. Não foram observadas lesões internas. A convalescença, porém, seria um pouco demorada em razão da fratura do tornozelo.

Yara Cortese ia diariamente ao hospital. As duas moças tornaram-se amigas. Celina havia reconhecido igual culpa no acidente. Não devia ter atravessado a avenida sem antes olhar para os lados.

Yara cantava na rádio, na televisão e atuava também no principal hotel de Copacabana. Sua nova canção era ouvida por toda a parte. No texto e na melodia dessa canção havia algo de comovente. Os discos eram vendidos aos milhares. Todavia, não apenas sua voz famosa, mas também sua beleza delicada e límpida eram admiradas por todos. Yara vivia com sua mãe no décimo andar de um edifício na Avenida Atlântica.

Alberto tinha sofrido muito com o acidente de sua jovem esposa. Mas, apesar disso, não era capaz de sentir rancor por Yara Cortese. Ao contrário, começava a aguardar ardentemente pelos momentos em que poderia vê-la. Quando não a encontrava, o que era raro, punha-se a andar de um lado para outro, cheio de inquietação. Celina muitas vezes chorava por estar tanto tempo presa ao leito, mas ignorava que era Yara a responsável pelo repentino desassossego do seu marido.

Yara Cortese, igualmente, a cada dia ansiava mais por encontrar-se nas proximidades de Alberto. Não era sem espanto, mas com o coração cheio de felicidade que ela, pela primeira vez em sua vida, experimentava um grande amor. Celina e Alberto, porém, jamais deveriam perceber isso, pois já havia trazido demasiado sofrimento ao casal. Deveria deixar logo o Brasil, uma vez que Alberto já começava a procurá-la. Em breve, Alberto e sua mulher regressariam à fazenda no nordeste, pois passavam quase sempre a metade do ano no Rio de Janeiro. Portanto, ela deveria afastar-se. Resolveu, por isso, aceitar um convite para cantar na Argentina.

Diante da súbita resolução de Yara em ausentar-se, sua mãe ficou perplexa, principalmente por saber que não poderia acompanhá-la, devido a uma flebite aguda.

Yara, porém, ficou indiferente a todos os argumentos da mãe. Queria partir. Cantaria apenas uma vez mais no hotel, na noite de gala em homenagem a um diplomata estrangeiro, e embarcaria.

Três meses já haviam transcorrido desde o dia do acidente. Quando Yara comunicou que viajaria em breve para a Argentina, Alberto experimentou uma estranha sensação.

Celina, por sua vez, manifestou igualmente o desejo de deixar o Rio, e Alberto imediatamente concordou. Queriam apenas ainda participar da última soirée de gala que Yara apresentaria no hotel, para, então, partirem no dia seguinte para o nordeste.

Celina, a não ser por uma leve dor de cabeça, estava completamente restabelecida e sentia-se feliz devido ao seu amor por Alberto.

Na noite de gala, um grande público internacional reuniu-se no salão de festas do hotel. Habilmente iluminada pelos refletores apareceu Yara, trajando um vestido de suave cor rósea. A saia ampla e vaporosa, bordada com fios de prata, realçava a graça de seus movimentos, dando a impressão de que flutuava sobre uma nuvem de pétalas de rosas. Seu cabelo, de um tom loiro-claro, estava adornado com uma camélia cor-de-rosa. Para a maioria dos presentes, a cantora parecia uma figura de um outro e melhor mundo. Yara entoava a canção que tão profundamente tocava o coração de todos:

*"Minha alma te procura,
minha alma te chama!
Percorro espaço e
tempo para permanecer
contigo eternamente.
Cruzo terras e mares até
que nos encontremos, para
nos unirmos novamente!
Minha alma te procura,
minha alma te chama..."*

Terminada a canção, reinou por alguns segundos absoluto silêncio, para logo depois irromperem no salão aplausos estrondosos.

Celina secou furtivamente suas lágrimas, assim como fizeram também alguns conhecidos seus à mesa. O semblante de Alberto estava pálido, expressando sofrimento. Uma tormenta agitava-se em seu íntimo.

Naquele momento sentiu intuitivamente e reconheceu de modo nítido os laços de amor que o ligavam a Yara. Quais ondas bramantes essa certeza o assoberbava. Seu punho se mantinha cerrado sobre a mesa, e o olhar fixo no lugar onde pouco antes estivera Yara.

"Minha alma te procura, minha alma te chama!" ressoava desesperadamente em seu íntimo…

Alberto então tomou uma decisão. Precisava vê-la a sós, pelo menos uma vez, antes de se separarem. Telefonaria para Yara logo na manhã seguinte para combinar um encontro.

E assim aconteceu. Na tarde seguinte, dirigiu-se à casa de Yara. A mãe da moça o recebeu e chamou pela filha.

Yara, em frente do espelho, tinha o coração palpitante. Precisava primeiro acalmar-se, para depois tentar conseguir coragem para aproximar-se de Alberto. Mecanicamente puxou seu vestido cinza-claro e levou as mãos ao coração, que batia aceleradamente… Finalmente, decidiu-se ir até à sala. Ao aproximar-se, notou que Alberto caminhava inquieto de um lado para outro. A mãe havia-se retirado para a cozinha, a fim de preparar um café.

Quando Yara parou no umbral da porta, Alberto parou também e, em silêncio, expressava no olhar todo o seu amor por Yara. Ela correu ao seu encontro. Alberto a abraçou e a conduziu à porta aberta que dava para a sacada.

— Yara, minha querida, olha o mar. Semelhante à ressaca selvagem e tumultuosa, assim está meu íntimo. Pertencemos um ao outro, estamos juntos, unidos, e apesar disso…

Yara ergueu os braços numa atitude de abandono, e Alberto estreitou-a como se não desejasse soltá-la nunca mais. A cabeça da moça repousava em seu peito, e lágrimas corriam pela face dela.

— Apesar de tudo... já houve em outra época, numa outra vida, compreensão e felicidade entre nós!... Para nós não haverá separação, Alberto! Nossas almas estão unidas para sempre.

— Quisera acreditar nisso, respondeu Alberto, contemplando o rosto de sua bem-amada. Longos e vazios serão os meus dias, quando te afastares de mim. Por que o destino nos teria unido, para logo depois nos separar? Por quê?...

Enquanto os dois enamorados permaneciam abraçados, um olhando para o outro, a mãe de Yara retornou à sala, trazendo uma pequena bandeja. No umbral da porta ela parou, estarrecida.

"Yara abraçada a um homem casado?" Podia agora compreender por que a filha queria, como em fuga, abandonar o país. Sem ser notada, retirou-se apressadamente e, do quarto ao lado, chamou a filha avisando-a de que o café estava pronto. Assustada, Yara afastou-se de Alberto e foi até o quarto receber a bandeja das mãos da mãe, que em seguida se juntou a ambos na sala. Amava a filha com muita ternura; não consentiria, porém, que a pobre Celina viesse a sofrer ainda mais.

Alberto pediu a Yara que entoasse ainda uma vez a canção "Minha alma te procura, minha alma te chama!..." Retirar-se-ia logo depois. Yara sentou-se ao piano e cantou. Antes que o último acorde se perdesse, Alberto deixou a sala.

Na manhã seguinte Celina e ele embarcaram no avião que os levou ao nordeste.

Meses se passaram. Yara ainda estava na Argentina. Era, porém, a sua última apresentação em terra portenha. Viajaria em seguida para a América Central, onde iria cumprir novos contratos.

Nessa última noite na Argentina, ela usava aquele vestido cor-de-rosa bordado com fios de prata, e adornara o cabelo com camélias brancas. Como acontecia em todos os lugares, o público ficou profundamente comovido com suas canções. Especialmente essa que se tornou a sua canção de renúncia: "Minha alma te procura, minha alma te chama!…", que Yara era insistentemente convidada a reprisar. Nessa noite também foi assim.

Mal havia terminado de cantá-la pela segunda vez, abandonou correndo o salão e, com o rosto banhado em lágrimas, atravessou o parque do hotel, enveredando por um caminho pedregoso que conduzia a um pequeno riacho. Subiu lentamente uma elevação e, ao chegar ao topo, sentou-se junto a um velho pinheiro, debruçando-se sobre o tronco. Quanto tempo assim permaneceu ali, já não se lembrava. Repentinamente sentiu quão fria estava a noite. Havia abandonado o salão correndo, em estado de grande excitação, e agora se assustava ao sentir que seu corpo, devido aos calafrios, tremia. De repente, uma sensação febril começou a manifestar-se. Quando foi encontrada, após uma busca de várias horas, verificou-se que não tinha condições físicas para voltar andando. Foi imediatamente transportada para o hotel.

Apesar dos maiores cuidados, não foi possível salvar sua vida. Faleceu poucos dias depois, sem recobrar inteiramente a consciência.

Enquanto Yara lutava contra a morte em lugar longínquo, Alberto se achava em sua fazenda em Pernambuco. Certo dia, ao entardecer, ele deitara-se numa rede na varanda. Estava cansado e mantinha os olhos cerrados. Do salão, uma música de rádio bem suave chegava até ele. Precisamente naquele momento ouvia-se a canção: "Minha alma te procura, minha alma te chama!…" Alberto ouviu a canção com profunda tristeza, parecendo-lhe ver à sua frente Yara em pessoa. A luta, que havia meses vinha travando, ainda não estava abrandada. Uma pergunta nesse momento brotou de seu íntimo:

"Por que são tão estranhos os caminhos da vida e do amor? As pessoas se encontram, sofrem e se separam… Onde estaria a verdade de todas essas coisas inexplicáveis? Onde?…" Seu pensamento voltou-se então carinhosamente para sua esposa, a fiel Celina: "Como abandoná-la?"

Alberto sentiu-se perturbado e triste, até que uma outra pergunta surgiu em sua mente: "Seria possível construir a felicidade sobre o sofrimento de outrem?…"

Permanecia deitado, absorto em tais pensamentos, quando dele se aproximou sua velha ama. Trazia nas mãos um copo com água de coco. Consternada, porém, ela se virou e retornou correndo à cozinha.

— 'Sinhô tem visita. Uma mulé num vistido di baili tá lá cum ele'.

Celina, que naquele momento entrava pela porta dos fundos na cozinha, ouviu ainda as últimas palavras da ama. Rapidamente se dirigiu à varanda. Uma outra criada, toda curiosa, seguiu atrás da patroa. Ela também queria ver a mulher com o vestido de baile.

Na cozinha, a velha confirmava a visão que tivera:

— 'Uma mulé num vistido di baili

tá i fora e parece cuma nuvi cor di rosa num céu di manhãzinha, num sabi?'

Celina nada via na varanda, a não ser seu marido deitado na rede. Olhou-o longamente. Alberto parecia sonhar. De seu semblante irradiava felicidade...

"Ou seria essa fisionomia de felicidade um reflexo do sol poente?"

Por mais uns instantes Celina olhou indecisa para aquela sinfonia de luz e cor; depois, acercando-se do marido, tocou-o levemente no ombro e disse:

— Benedita afirma ter visto aqui na varanda uma mulher com vestido de baile. Sabe-se lá o que essa velha teria visto outra vez!

Sabia-se que às vezes lhe apareciam pessoas já falecidas.

Incrédulo, Alberto fitava sua mulher; levantou-se, olhou em torno e respondeu:

— Eu não vejo mulher alguma em vestido de baile.

— Nem eu, disse Celina, que se retirou, rindo.

Durante algum tempo Alberto ainda ficou ali parado, meditando. Em seguida procurou a velha ama e a segurou pelos braços.

— O que foi que você viu, Benedita?

— 'Num fiqui tão vexado; num carece mi agarrá tão firme, Albertinho. Vô dizê justo o qui foi qui vi', — protestou a velha, livrando-se de Alberto. — 'Uma moça dentro duma nuvinha rosada, como num céu di manhãzinha, tava parada na beira da rede. Tudo nela briava, sinhozinho! Os cabelu dela era tão arvo, tão arvo, como paia seca di mio...'

Alberto, lívido, deixou-se cair numa cadeira, os olhos fixos na velha ama. Ela já estava havia trinta e cinco anos na família e criara ele e seu irmão. E quantas vezes a velha já havia contado histórias de falecidos? Teria acontecido algo com Yara? Pois Benedita tinha descrito a aparição de tal maneira, que somente podia tratar-se de Yara com seu vestido róseo. De repente, levantou-se. Pareceu-lhe ouvir novamente a melodiosa canção…

Confuso, apoiou-se numa coluna da varanda e ficou olhando perdidamente para a extensa e ondulante plantação de cana. Seus pensamentos, porém, estavam longe, muito longe. Quando, finalmente, regressou ao salão, ouviu pelo rádio a voz do locutor noticiando que a conhecida cantora Yara Cortese falecera na Argentina!

Poucos minutos antes de seu falecimento, Yara havia acordado de seu estado de inconsciência. E com um olhar que parecia divisar paragens longínquas, disse com voz fraca:

— Que Luz! Precisamos procurar a Luz da verdade!… Todos nós…

A enfermeira inclinou-se para a moça. Não sabendo o que essas palavras queriam dizer, julgou que ela desejava ouvir a sua canção predileta: "Minha alma te procura, minha alma te chama!…" Por isso, dirigiu-se imediatamente à vitrola e colocou o disco…

A melodia parecia haver chegado à consciência da agonizante, pois no seu semblante brotou um sorriso feliz. Ainda uma vez olhou ao redor, como que buscando o clarão daquela Luz que divisava… para depois inclinar a cabeça para o lado e expirar.

Tudo o que o ser humano realiza na Terra toma forma e produz frutos! Bons ou maus.

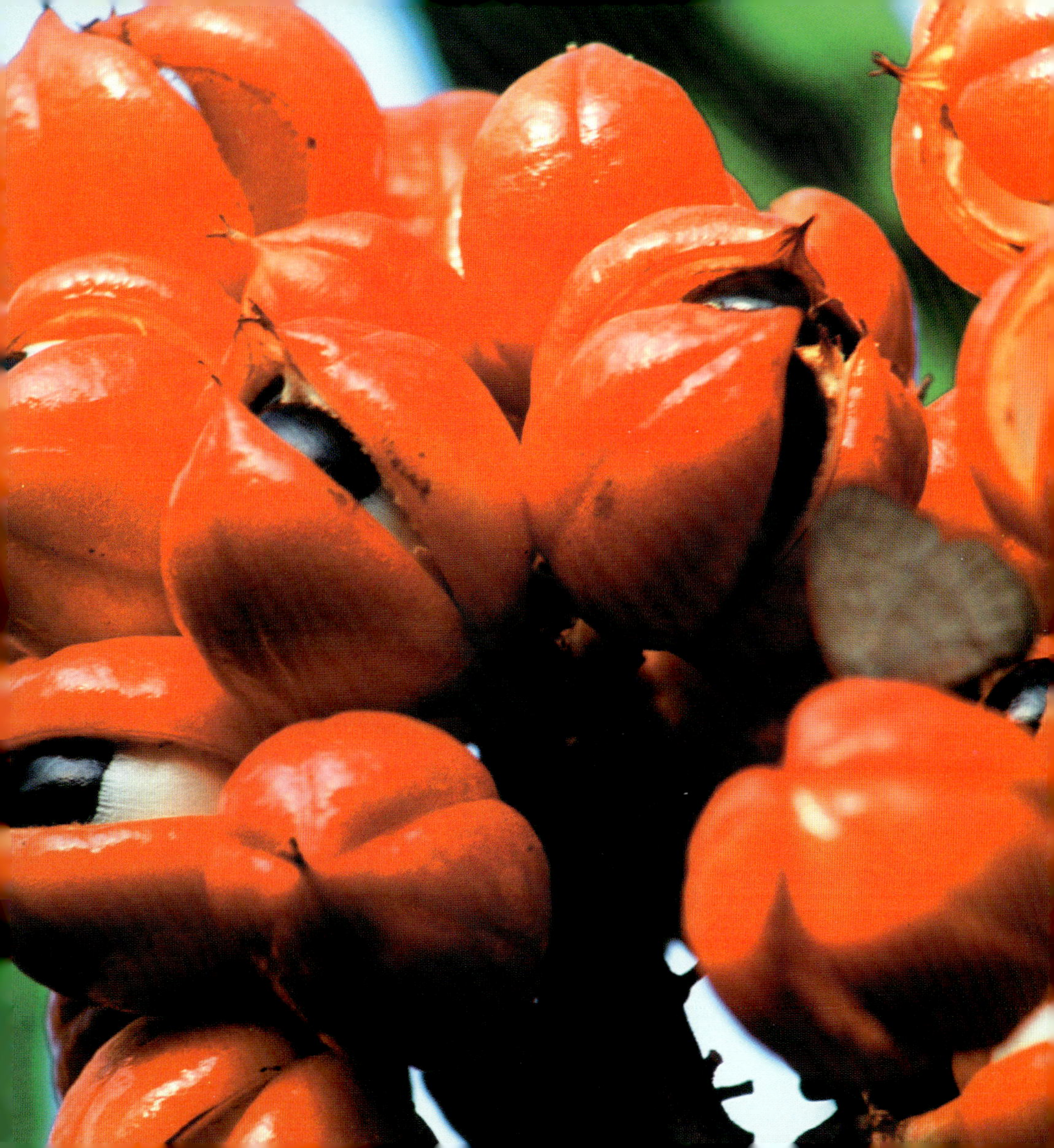

Seguro está somente o ser humano vigilante! Unicamente com vigilância, os perigos podem ser afastados a tempo.

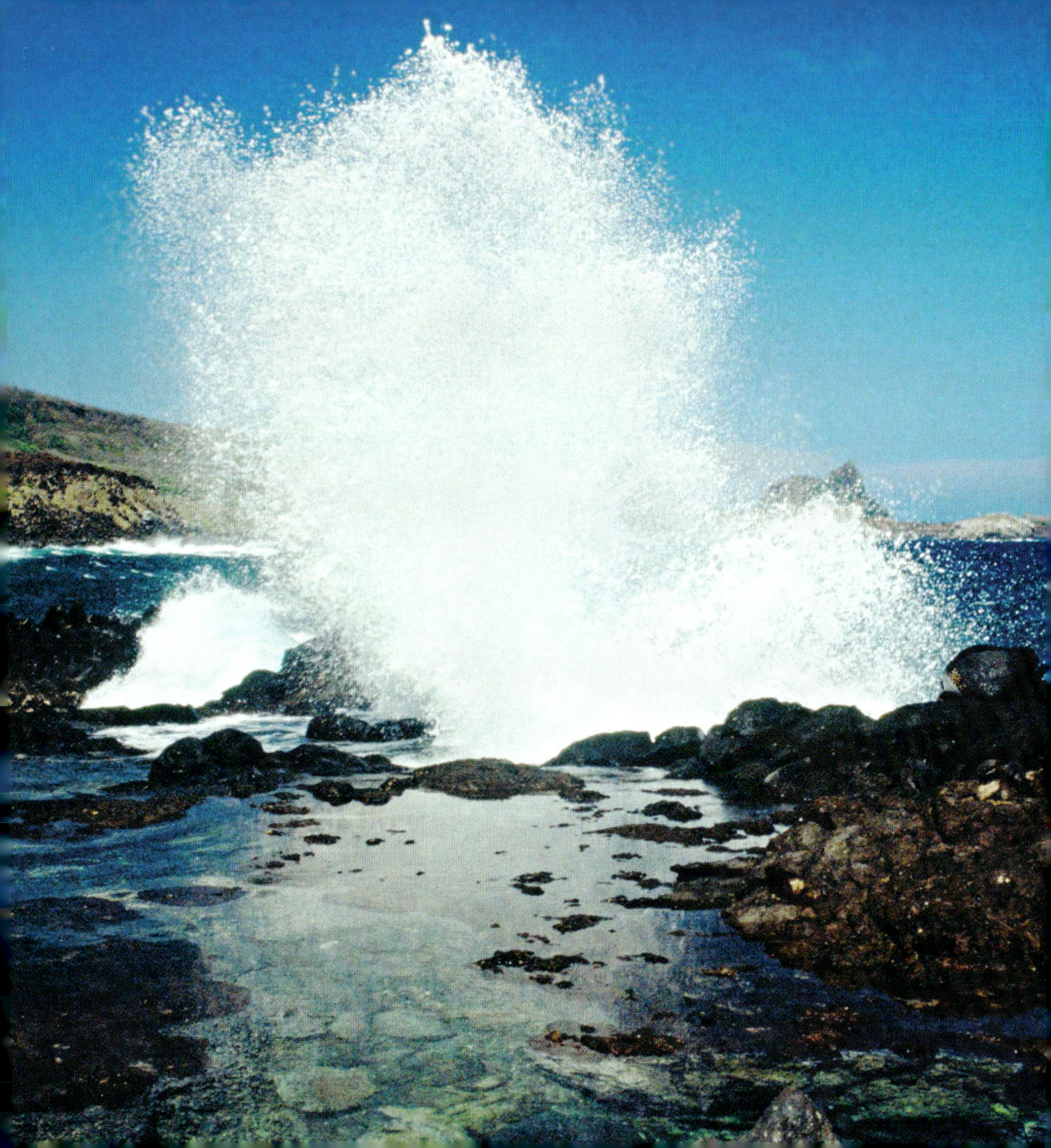

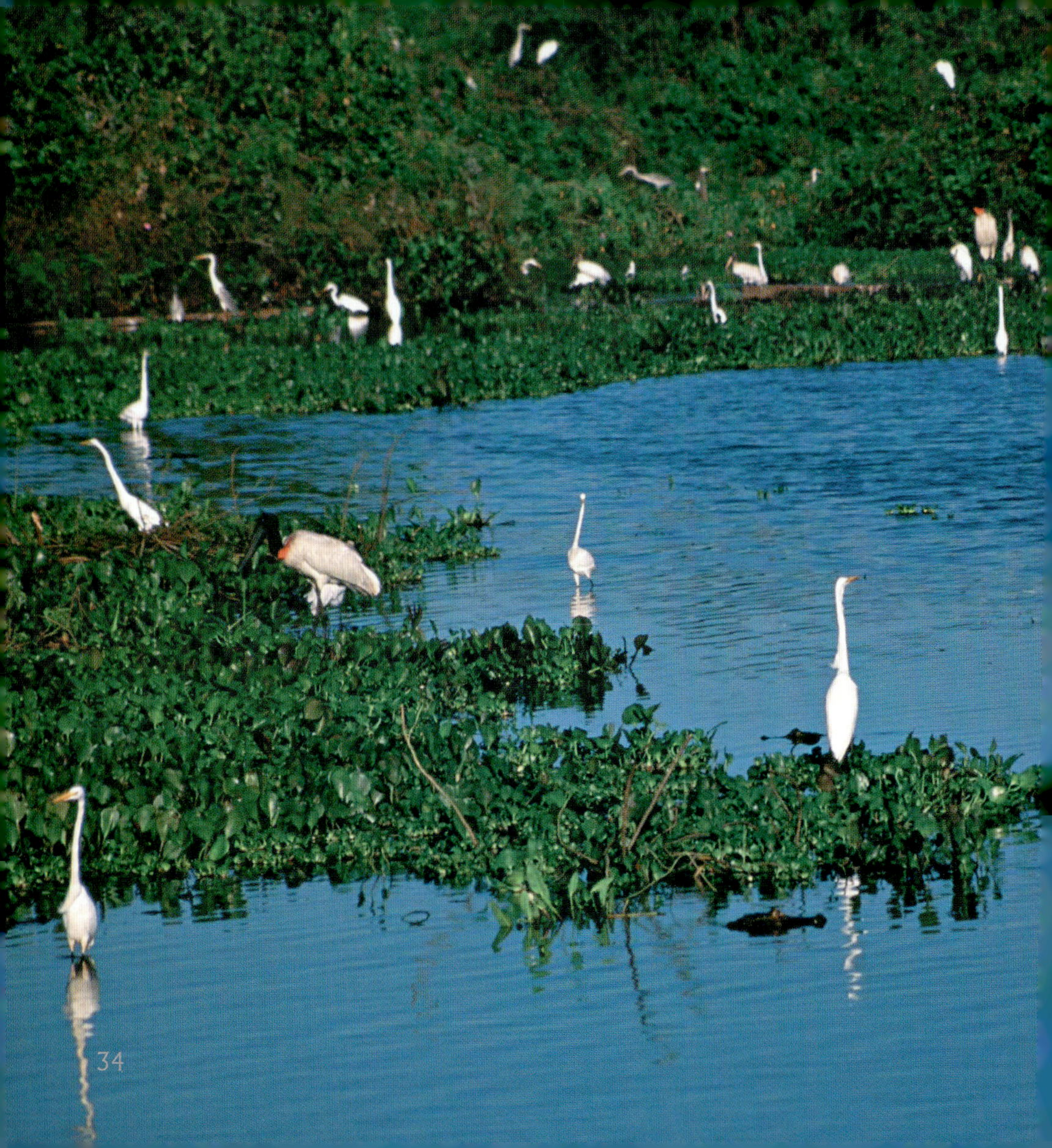

Devemos cuidar da natureza em que nos é permitido viver, conservando-a pura e ainda a embelezando!

É de pedra em pedra que se
faz um edifício. O mesmo
se dá com a atividade
do homem. Muitos e
insignificantes trabalhos,
alguns até aparentemente sem
importância, espiritualmente
falando, são necessários para
preparar e possibilitar um
grande acontecimento...

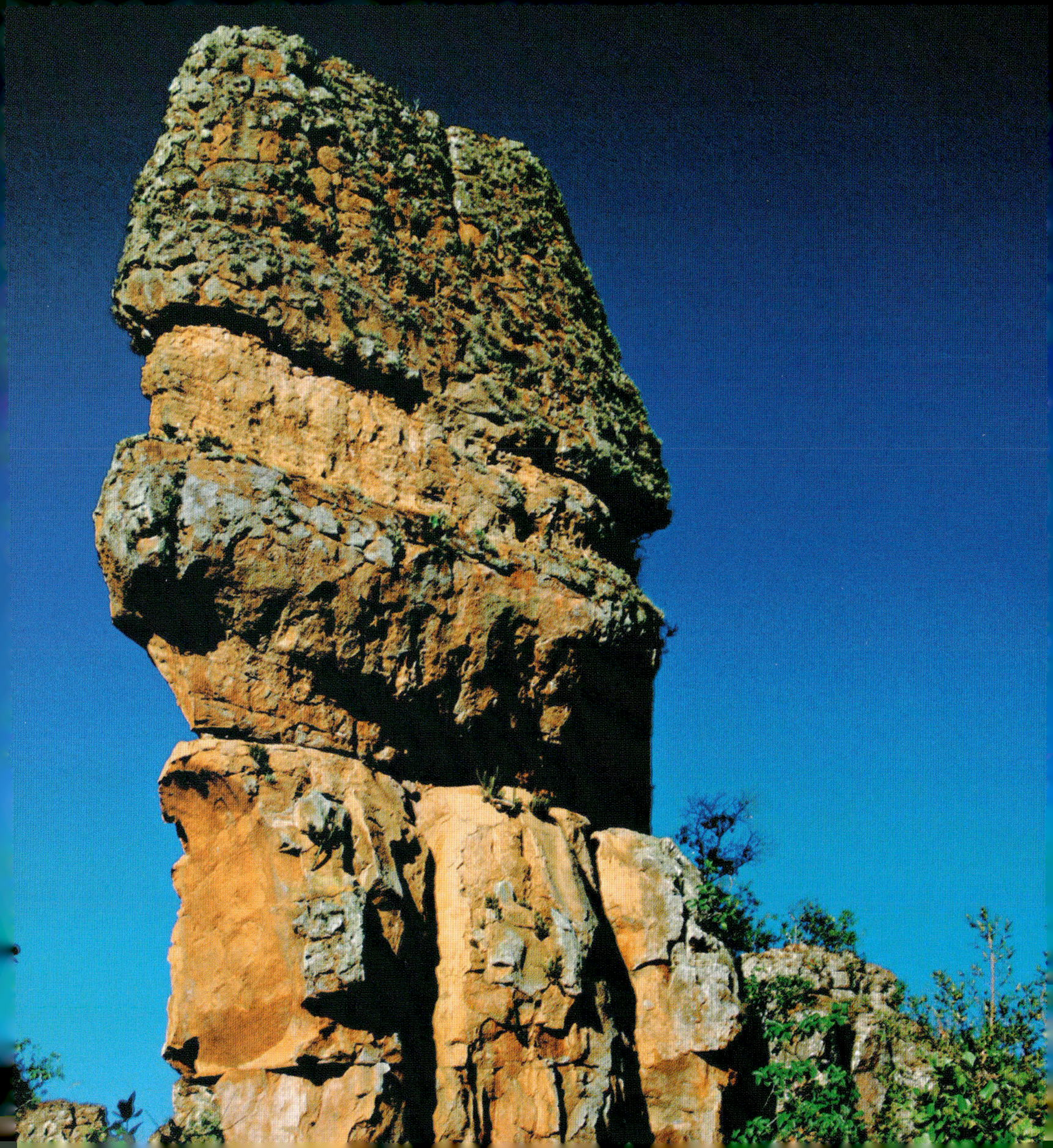

38

Água é luz flutuante!
Água é pureza vibrante
e vida cintilante.
Água é fluxo espumante,
é néctar e força!...

Atentai para o dia-a-dia, para o presente em que viveis! Pois no presente formamos o nosso futuro! O futuro que nos aguarda depois da morte terrena e, mais tarde, numa nova vida terrena. Cada uma de nossas vidas terrenas reflete o nosso passado em vidas anteriores. Por isso, lembrai-vos sempre: quem agir direito no presente, não precisa temer o futuro...

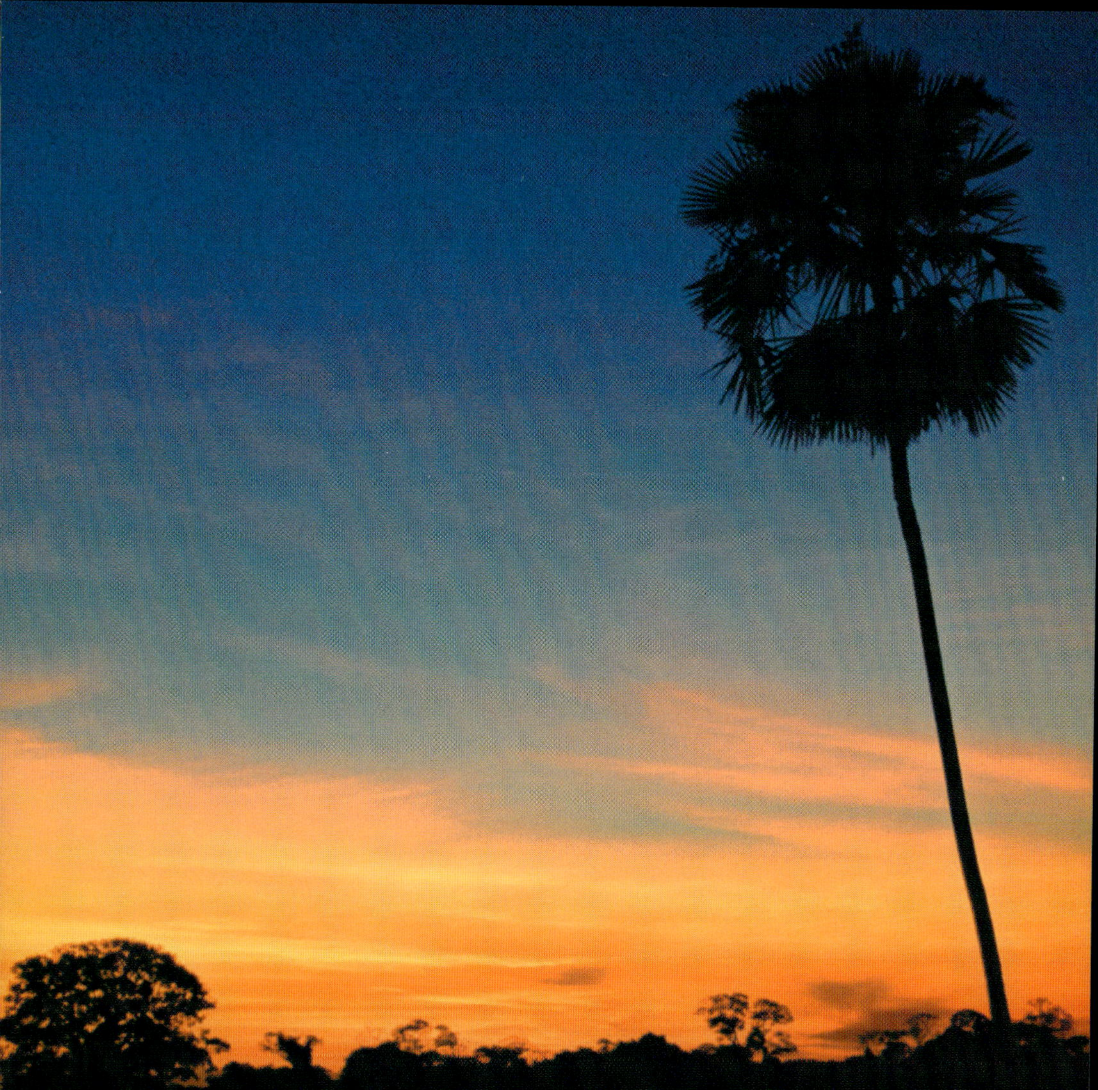

Quem quer receber algo, terá de dar também algo em troca! Pois um ser humano que apenas quer receber, sem dar nada, torna-se um mendigo! Atentai para que os pratos da balança sempre estejam em equilíbrio.

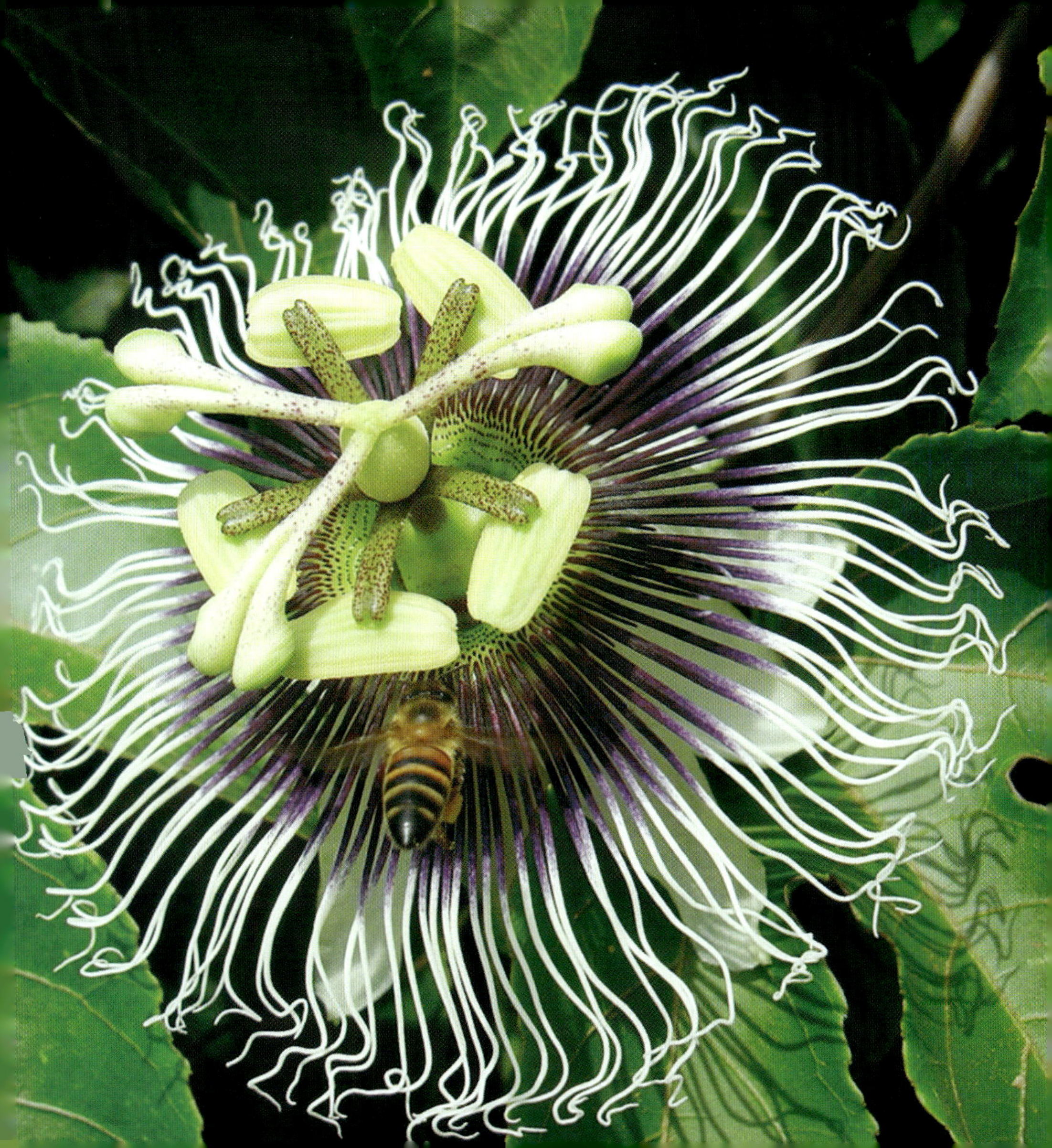

44

Revivendo o Passado

Conto de Roselis von Sass

As cenas se passam no nordeste do Brasil, à margem do rio São Francisco, numa fazenda semi-abandonada. A propriedade inteira não está em total abandono, mas sim a casa-grande e suas imediações, lugares "mal-assombrados" e, por isso, desertos.

Na casa-grande, outrora opulenta mansão, faltam as portas e as janelas. Os muros de alvenaria também sofreram os efeitos do tempo. Hoje ameaçam ruir. Em suas frestas proliferam lagartixas esquivas amarelo-reluzentes.

A cem metros de distância estão os escombros da antiga senzala, recobertos por trepadeiras diversas, oferecendo a impressão de um túmulo enorme.

Plantas verdejantes vicejam em redor de um poço vizinho. É preciso afastar o mato emaranhado da abertura, para se poder admirar os lindos azulejos da era colonial que lhe guarnecem a borda.

À direita daquela tapera florescem ipês seculares que, com suas flores anuais de um ouro vibrante, contrastam com a tristeza dos escombros.

À esquerda parece ter havido, nos bons tempos, um esplêndido pomar. Restam apenas laranjeiras e cidreiras praguejadas, ao lado de marmeleiros decadentes.

Para os lados do sul sobrevivem espécimes de coqueiros, amostras de um extinto palmeiral que se estendia até o rio.

De todos os lados, árvores seculares. Teriam sido frondosas em dias passados; hoje, coitadas, estão desaparecendo. Em seus galhos desnudos pousam urubus ariscos, corujas e morcegos fugidios.

A monotonia da paisagem é interrompida subitamente com a presença real de uma jovem, sentada num

Benedito calou-se, satisfeito. Acendeu o cachimbo de barro, para distrair-se. O assunto, francamente, o impressionava mal.

Arminda dormia. Sonhou. Teve um sonho vivo, palpitante, de uma tremenda realidade, sobre o século passado. Ouviu alguém chamá-la. Era ela, sim, que chamavam, só que com o nome de Jandira.

"Vê, Jandira, o que aconteceu. Teu marido Lourenço – atualmente Fernando, teu noivo – foi assassinado aqui, no século passado."

A cena prosseguia semelhante a um filme. Arminda ouviu o bater de asas. Uma arara vistosa pousou próximo dela. (Arminda, em outra encarnação, possuía uma arara. Gostava de vê-la escorregar no azulejo do poço, tentando teimosamente andar de um lado para outro.)

Coisa estranha: hoje não experimentava o antigo encanto da cena, pelo contrário, estava apreensiva. Viu a seu lado a velha mucama de nome Babá. Na cena, Babá acreditava, como em outras oportunidades, que o mal-estar de sinhá-moça resultasse dos rigores do calor ou do vento.

A sinhá, porém, sabia intimamente os motivos de suas apreensões. Estava preocupada com a demora do marido. "Que andará fazendo o Lourenço lá pela lavoura? Não havia dito serem muito rebeldes os novos escravos que adquirira, sendo necessário até os meter no tronco? Poderiam matar Lourenço a pancadas."

E lágrimas verdadeiras deslizavam pela face de Arminda durante o sono, ao pensar saudosa no marido com quem vivera apenas quatro anos, num imenso amor. A figura de Lourenço surgira-lhe diante dos olhos flamejantemente. Sentiu desejos de fugir da fazenda. Sentia-se insegura, rodeada de espíritos negros e maus. Levantou-

banco de pedra ao lado da entrada principal do casarão. Absorta, ela contempla o panorama verde-esmeralda das adjacências. Pressente-se nela a nostalgia de quem passara seus dias ali, em outra vida.

Misturado ao cheiro acre do capim-gordura, as velhas laranjeiras espalham seu perfume na tarde tropical. Colibris esvoaçam alegremente sobre trepadeiras vermelhas, introduzindo seus biquinhos afilados no cálice das flores. Sobre a casa, em revoada, passam bandos de maracanãs soltando gritos estridentes.

Como que se evadindo do passado, a jovem desperta do entorpecimento e fala ao negro que se encontra próximo:

— Não consigo acreditar que esta casa esteja povoada de espíritos maus. Que pensa você de almas penadas, Benedito?

O negro agitou-se, confuso, pois o assunto não lhe agradava. Finalmente, respondeu:

— Nesta casa foi assassinado o bisavô do "seu" Fernando, todo mundo sabe; a sinhá Arminda também sabe disso.

A jovem sorriu e prosseguiu:

— O que quero saber é se você acredita que haja ruídos nessa tapera. Várias pessoas dizem isso. Algumas até contam que foram "tocadas" daqui pelas almas do outro mundo.

— Eu, sinhá, sou um negro velho que acredita em coisa que branco não acredita. Ontem coloquei nessa casa uma imagem de São Judas Tadeu. Acredito que ele possa ajudar. Outros santos que eu botei lá dentro não foram respeitados pelos espíritos, e o barulho continuou.

Arminda reclinou a cabeça, cerrou os olhos e adormeceu.

se resoluta, pondo-se a correr pelo jardim em direção à lavoura. Já ia atravessando o riacho, quando ouviu a voz de Babá, que lhe anunciava em altos brados:

"Sinhá, o sinhô Lourenço chegou!"

Arminda, ainda em sonho, ergueu rápida e inconscientemente as mãos numa prece. Voltou correndo. No meio do caminho encontrou a serviçal negra, que lhe vinha ao encontro entre zangada e aflita.

"Com um calor desses só mesmo gente desmiolada corre como galinha assustada para o mato", ponderou seriamente a negra.

A reprimenda de Babá atuou direta e beneficamente sobre a moça. Esta, para a velha negra, continuava ainda a mesma criança que amamentara e educara. Ambas regressavam em direção a casa, em boa harmonia, mas quando se aproximavam da residência pararam atônitas. Jandira ficou branca como cera, e a velha negra perdeu a fala. Vários dos escravos comprados recentemente corriam casa adentro. Um tropeçou e caiu. Do lado de fora vinham rumores intensos.

Babá retornou a si. Notando que Jandira permanecia estarrecida, agarrou-a pelo pulso e arrastou-a consigo. Lourenço jazia no chão, com o rosto numa poça de sangue. Os escravos da casa corriam, desnorteados, gritando e chorando. Um dos rebeldes parou em frente à porta da cozinha, enquanto outros fugiam na direção do rio.

Num instante a serviçal negra percebeu tudo. Pôde ver ainda o assassino, indeciso, olhar para trás. Jandira, esta, só via o marido ensangüentado. Um apelo angustioso brotou-lhe da alma: "Lourenço!" Nessa altura do sonho o negro Benedito, que se achava ao lado dela, assustou-se.

Por que teria sinhá Arminda gritado "Lourenço"? Que sonho mau teria tido? Talvez fosse melhor despertá-la. Não era mesmo aconselhável permanecer tanto tempo nesse local, onde almas penadas não respeitavam nem os santos. Puxando Arminda pelo vestido, ele se justificou:

— É hora de ir, sinhá! Sinhô Fernando chega e vai se zangar com negro velho.

Ainda perturbada, a moça olhou em redor e seguiu o negro sem retrucar, perguntando apenas:

— Quanto tempo dormi, Benedito?

— Muito pouco, sinhazinha.

E depois de uma pausa:

— Por que sinhá chamou Lourenço? Não é bom evocar esse nome. O bisavô de sinhô Fernando, seu noivo, chamava-se Lourenço.

A jovem calou-se. Desconhecia a possibilidade de se poder ter sonhos assim tão nítidos. Como que atraída pela cena, voltou-se para trás.

Onde estariam a arara e a borda do poço? Contrafeita, meneou a cabeça. Naturalmente que não podia encontrar-se lá arara alguma. Como, se a borda do poço achava-se coberta por um matagal?

A moça andou depressa à frente do negro, ansiosa por ver Fernando, seu noivo, para lhe narrar o sonho.

Fernando já a aguardava inquieto. Quando Arminda o avistou, teve a perfeita impressão de ver Lourenço, não Fernando. A fisionomia do noivo pareceu-lhe outra, a mesma do assassinado.

Confusa, baixou os olhos, depois lhe narrou as cenas que presenciara em sonho.

Fernando ouviu entre sorrindo e gracejando, embora algo de estranho lhe tocasse o íntimo.

As conhecidas palavras do teatro inglês ressoavam-lhe ao ouvido:

"Há mais estrelas no céu e mistério na Terra do que sonha tua vã filosofia".

Depois reagiu contra aquela "fraqueza":

— Não te preocupes, querida. Dentro em breve nada mais existirá do antigo. Os escravos amotinados terão de procurar outro sítio. A tapera será demolida, e no seu local serão construídas novas casas para os trabalhadores. O passado será apagado, e o Benedito não sentirá mais necessidade de levar para a casa-grande os santos de sua devoção.

Arminda, sorrindo, apertou fortemente a mão do noivo. Assaltou-lhe um medo inconsciente de perder Fernando. De que valia o amor, quando a fatalidade intervinha?

À noite, acomodada no leito, sentia o perfume das flores de laranjeiras, e em seus ouvidos repercutiam vozes e sussurros do velho poço. A grande arara continuava lá, pousada sobre a borda. Mentalmente a jovem ainda se via sentada à beira do poço, em frente a casa, ao lado de Lourenço. O sonho fora tão nítido, que ela identificava as duas individualidades numa só; de fato, tratava-se espiritualmente da mesma pessoa.

Embalada em róseos pensamentos, irradiando felicidade, adormeceu outra vez.

Afinal, Lourenço lhe pertencia de novo.

A verdade é a água da vida! A verdade é iluminação, luz, força!... A mentira é a origem de todo o mal no Universo!...

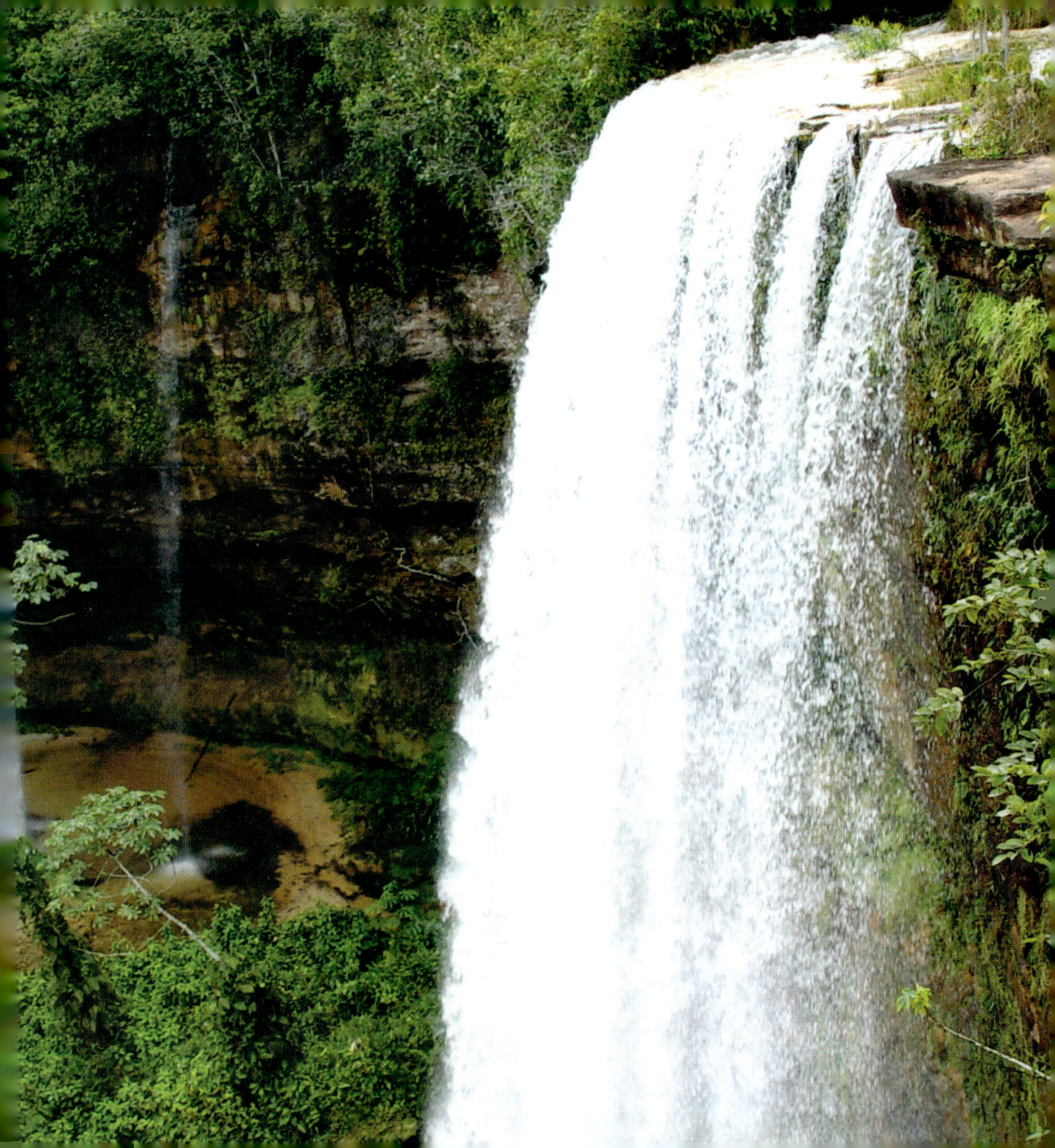

Tudo está sujeito à lei da transformação! Tudo se modifica no mundo humano. Apenas o amor e a fidelidade à Luz nunca deverão alterar-se!

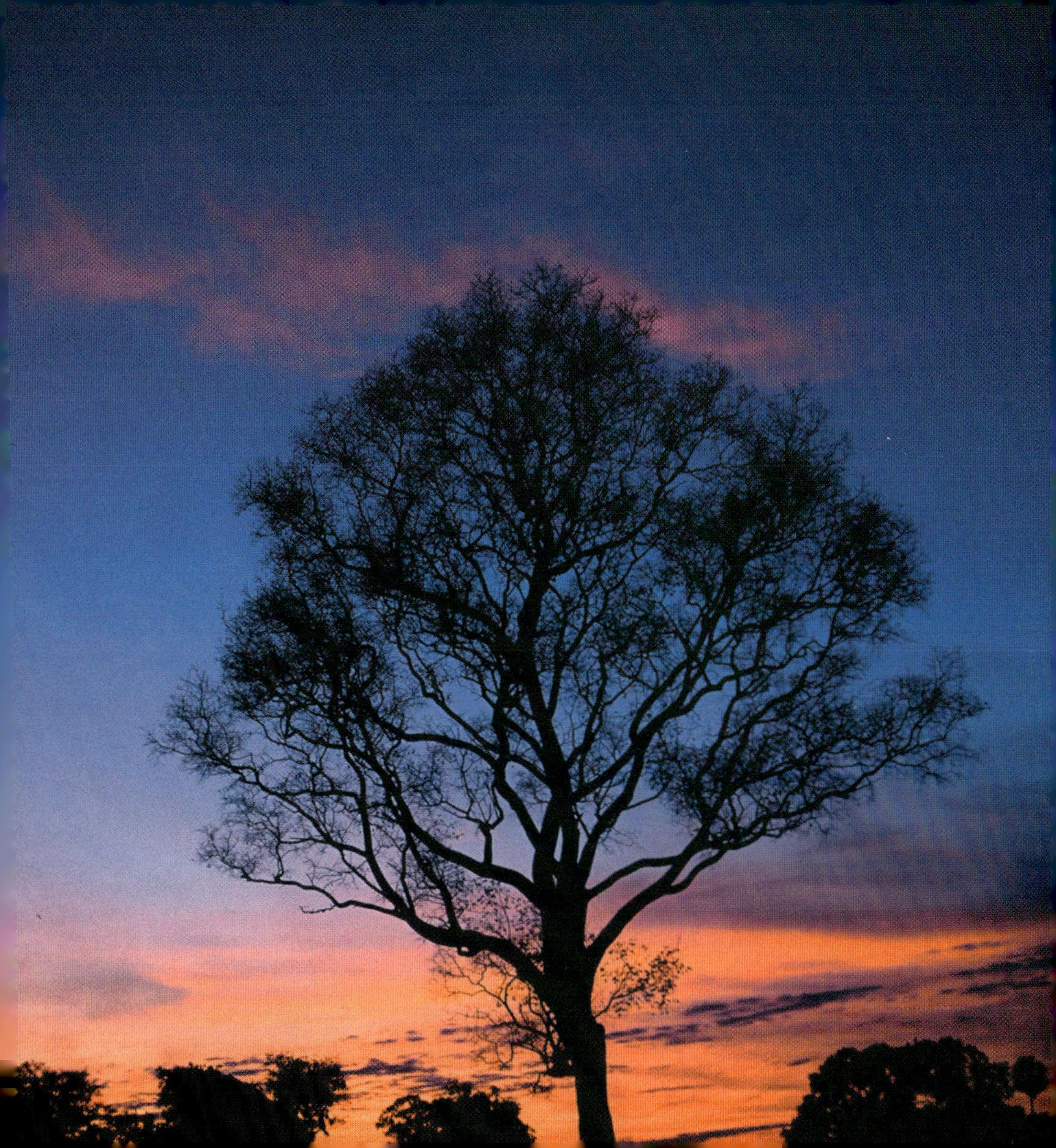

O sofrimento desperta o coração! E as lágrimas do arrependimento lavam o erro!

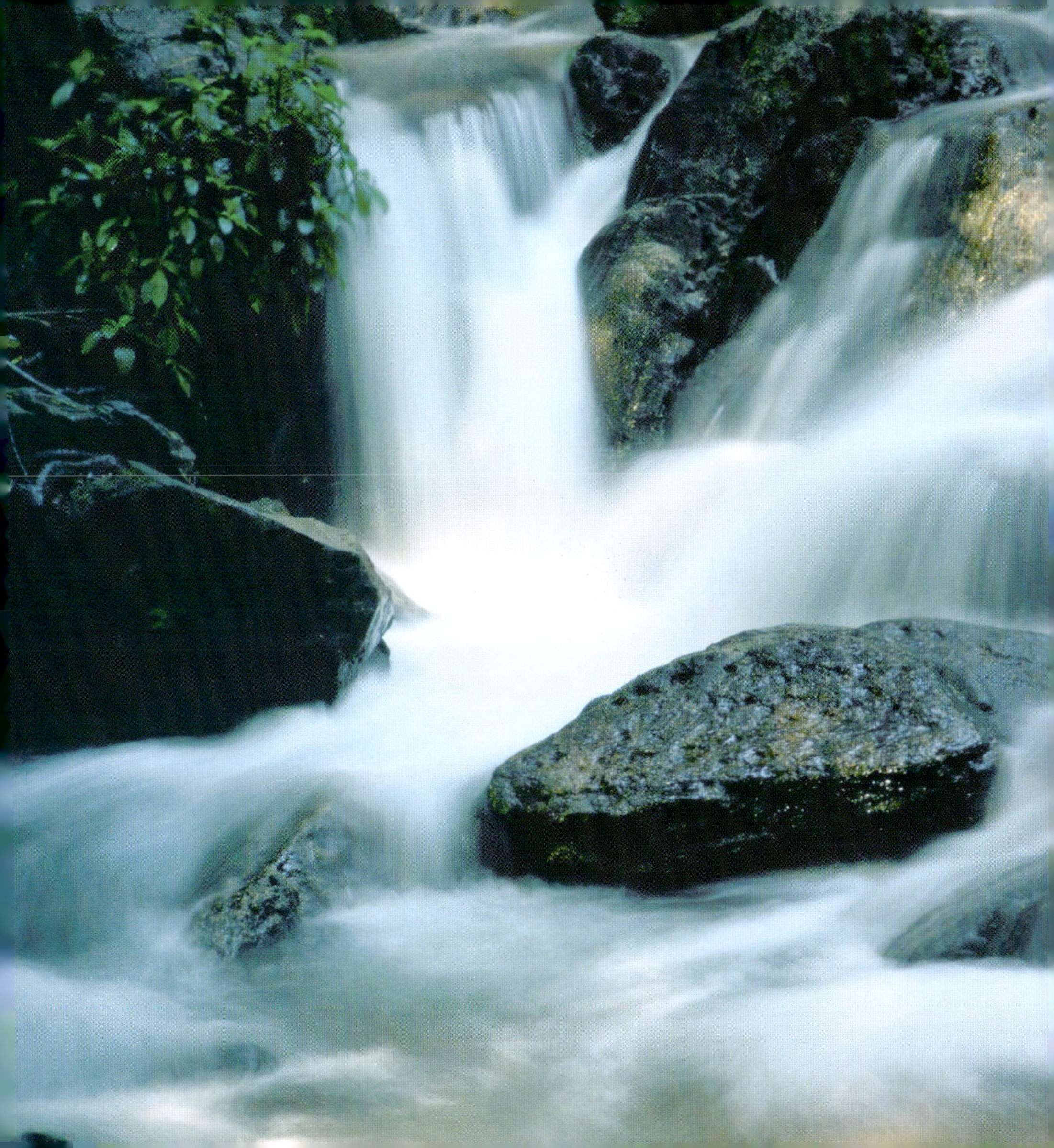

A natureza encerra
muitos milagres.
Tudo se encontra
em movimento.
Ininterruptamente!

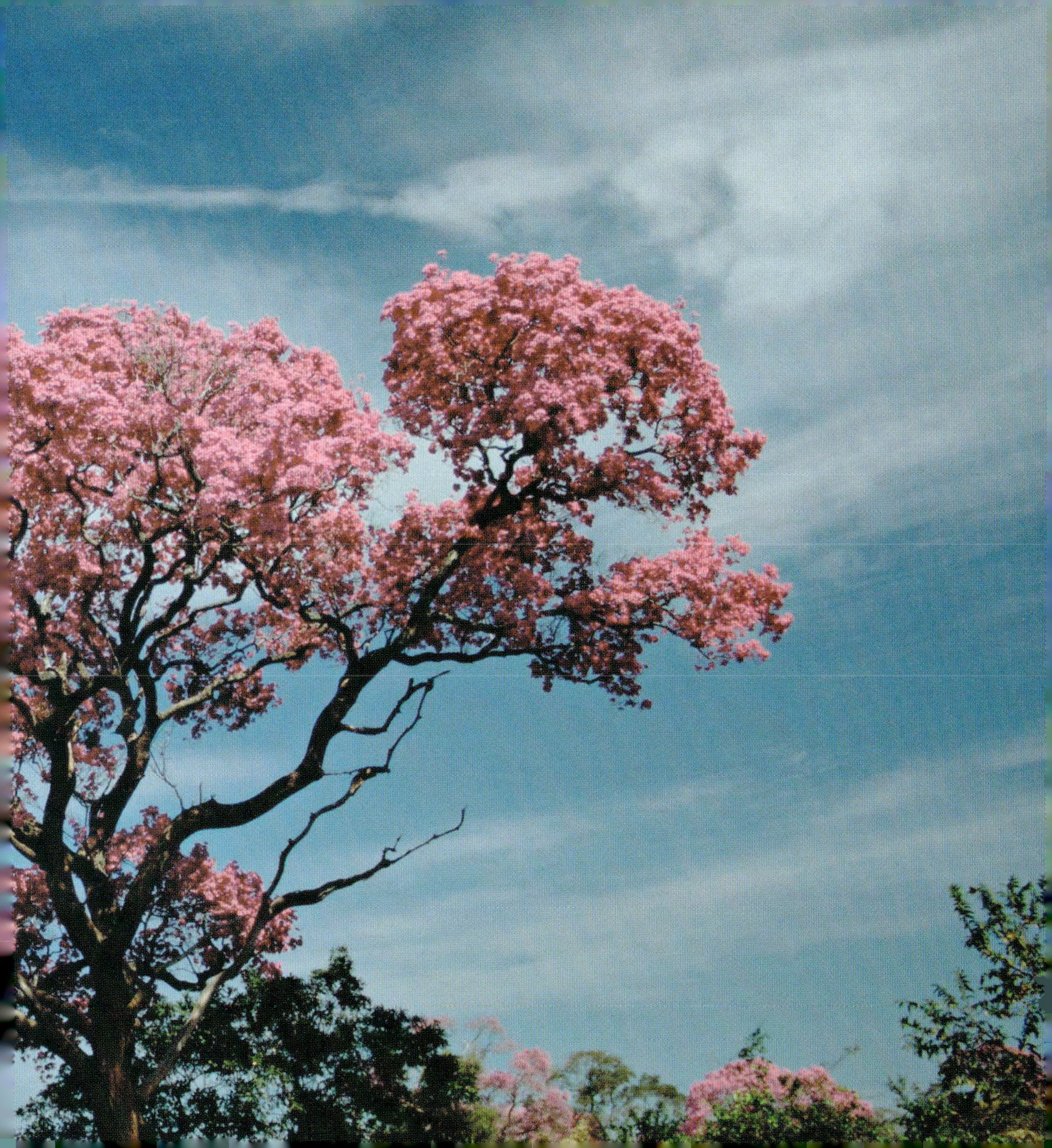

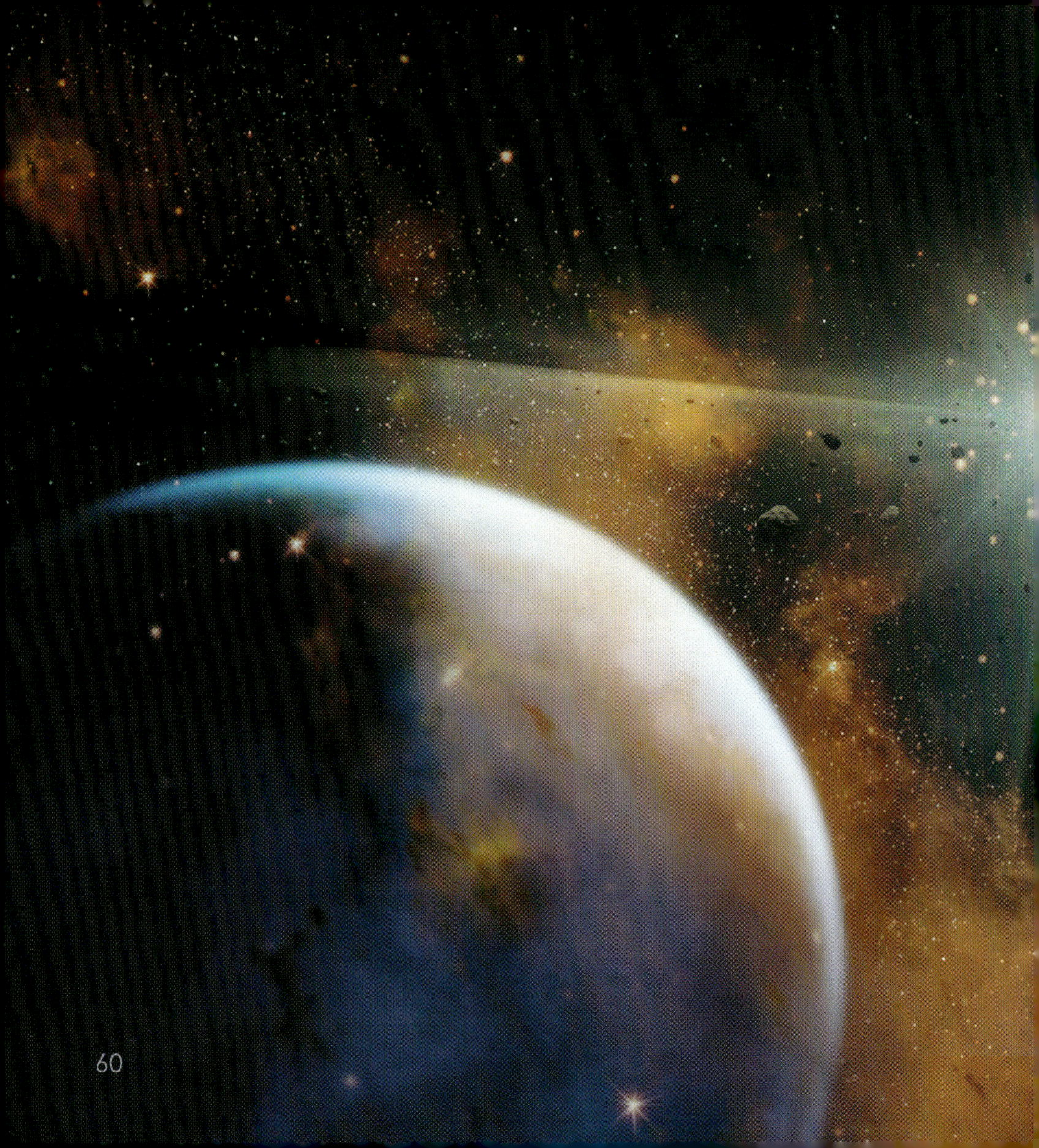

Todo o Universo soa e vibra! A força criadora da vida impele e impulsiona, sem parar, em direção a novas formações e ao crescimento! Poderoso e perfeito, além de qualquer imaginação humana, é o ritmo segundo o qual os astros, desde o início, se formam, se movimentam, crescem, se renovam e perecem no Universo...

Tudo o que um ser humano faz a outrem, criatura humana ou animal, seja para o bem ou para o mal, ele o faz a si próprio!

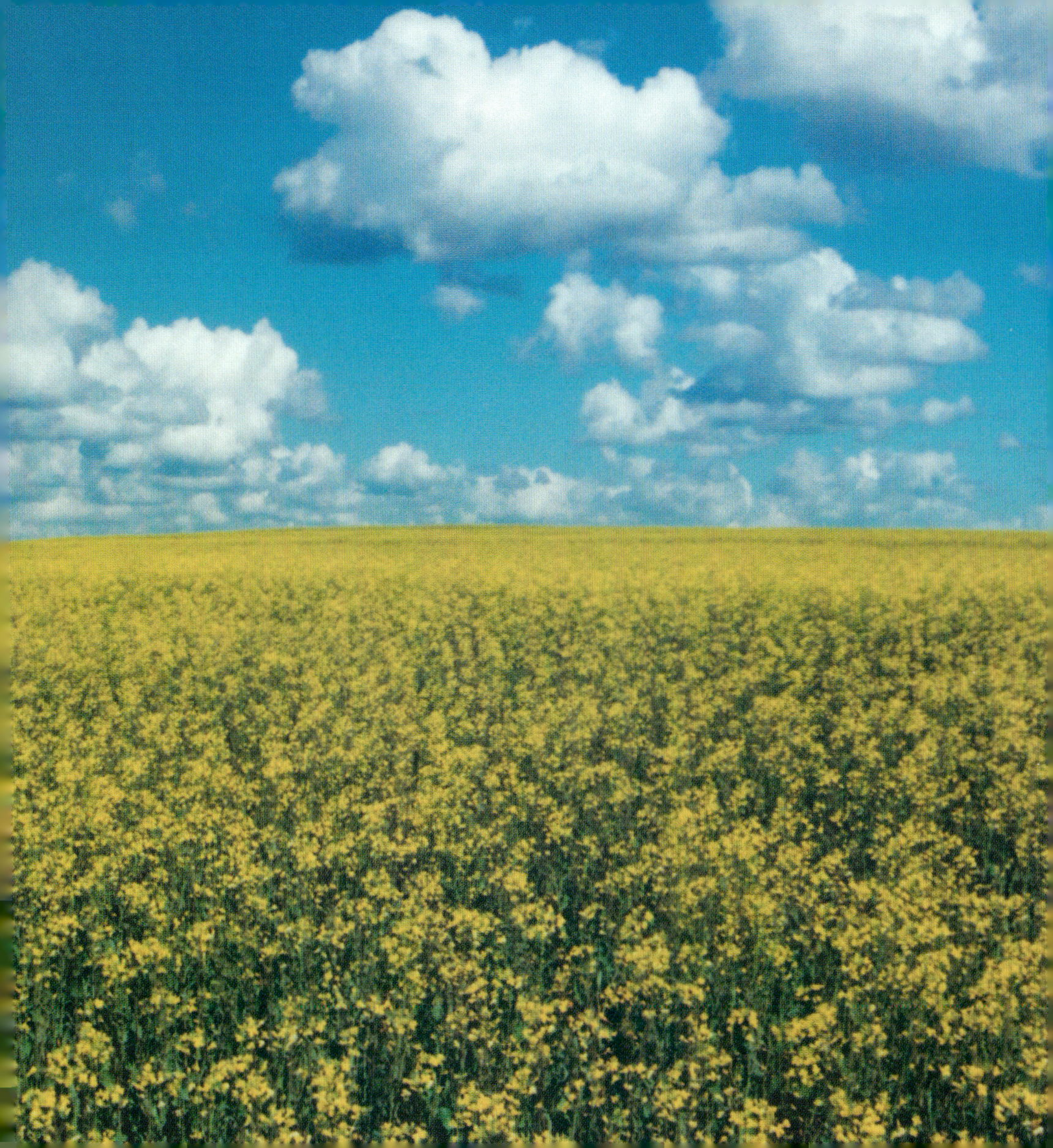

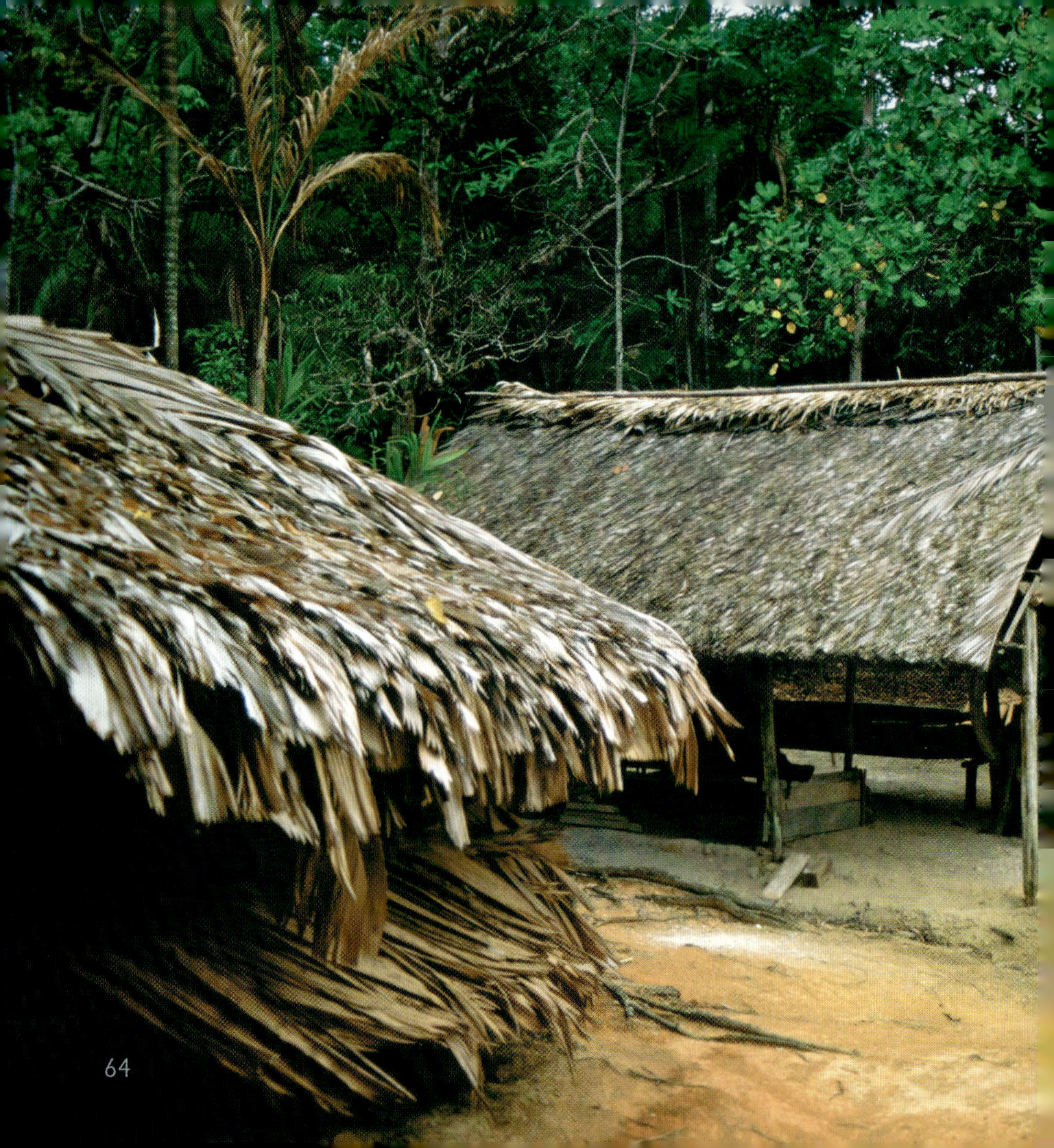

À sombra de uma Capelinha

Conto de Roselis von Sass

Desde a época de D. Pedro I, o grande casarão erguia-se numa das florescentes cidades do interior de São Paulo. No decorrer do tempo, a casa fora diversas vezes reformada, servindo por fim como escritório de uma fundação beneficente. Essa casa, que pouca atenção havia suscitado até então, tornou-se de um momento para outro célebre, ou, melhor dizendo, "barulhenta"... porque os funcionários da fundação afirmavam ouvir ruídos inexplicáveis. Em outras palavras: dizia-se que a casa era mal-assombrada.

Sobre a causa e o motivo dessas estranhas ocorrências foram feitas muitas conjecturas. Falou-se de velhos cemitérios, de assassinatos e de cruéis castigos infligidos a escravos. Também foram citados casos de almas presas à Terra... Além disso, alguém se lembrou de ter ouvido falar também de uma capelinha que, presumivelmente, existira no mesmo lugar em que foi construída a casa mal-assombrada. Dizia-se ainda, entre outras coisas, que essa capelinha tinha ligação com algum assassinato... A rigor, porém, ninguém sabia de nada.

Um juiz de paz aposentado poderia contar a história dessa capela, uma vez que havia sido construída por um dos seus antepassados. Ele, contudo, achou melhor calar-se. Mais tarde, todavia, em virtude de um de seus netos, homem já casado, estar espalhando uma história fantástica sobre essa capela, resolveu reproduzir o que tinha ouvido de seu pai:

— Há cerca de duzentos anos, o nosso antepassado Domingos Pina, um abastado negociante português, vivia com sua família na grande vila de Piratininga. Junto deles vivia também um jovem índio, Antônio, que sempre acompanhava os filhos já crescidos da família em suas longas cavalgadas. Aconteceu um dia, porém, que a única filha do comerciante, Maria Vitória, desapareceu com Antônio.

Embora Antônio fosse tão instruído como qualquer português daqueles tempos, devido à escola de missionários, o pai da moça não se conformou com o procedimento de ambos. Amaldiçoou a filha e declarou-a morta.

Decorridos vários anos, Domingos Pina transferiu seus negócios para o filho mais velho e mudou-se com o resto da família, em companhia de outras tantas famílias portuguesas e espanholas, para o interior do Estado. Mudou-se por ter ouvido falar, por meio de um amigo, da existência lá de uma região maravilhosa, de belas matas, muita abundância de água e terras muito férteis.

Como o tal amigo dissera, aquela região estava à espera de alguém que quisesse apossar-se dela. Depois de uma longa peregrinação, os viajantes chegaram ao seu destino. Lá, não só encontraram uma terra magnífica, como também algumas famílias indígenas que espontaneamente se ofereceram para ajudar os novos sitiantes. Esses indígenas haviam fugido de uma região onde caçadores de escravos perseguiam ferozmente todos os de sua raça.

A família de Domingos ambientou-se logo à nova vida. Os homens ergueram os primeiros abrigos e, depois, passaram a se dedicar à caça e à pesca, explorando ao mesmo tempo as extensas matas. Ficaram dessa maneira conhecendo a sua nova terra.

Leonardo, o filho mais moço de Domingos, tinha aproximadamente vinte anos de idade e sempre caçava em companhia de um jovem índio tupi. Numa dessas caminhadas os dois ouviram o canto de uma araponga. Como Leonardo desejasse muito apreciar de perto um desses pássaros, mudaram de direção e procuraram aproximar-se da estranha ave. Bruscamente pararam. Eis que, a alguns passos adiante, se encontrava no chão um índio morto. Após um rápido exame, perceberam que o índio havia morrido em decorrência de um grave ferimento no rosto.

Ambos deixaram o morto onde estava e seguiram cautelosamente adiante. Repentinamente o tupi parou e aspirou profundamente o ar. Deu alguns passos à frente e deparou com uma clareira, onde se achava uma cabana meio destruída pelo fogo. Junto dessa cabana estavam duas crianças, uma menina e um menino. Quando Leonardo se aproximou, notou que as crianças estavam de mãos dadas e olhavam amedrontadas para os inesperados visitantes.

De repente, porém, elas correram para o interior da cabana e, num pranto desesperado, deixaram-se cair sobre um monte de galhos verdes. Surpreso, Leonardo seguiu o amigo tupi e viu que ele começou a tirar os galhos do monte. Quando o tupi retirou um dos últimos galhos, soltou um grito, tal o espanto sentido. Leonardo também se assustou. Debaixo dos galhos estava oculto o cadáver de uma mulher. Sua aparência era surpreendente. O rosto, as mãos e os pés estavam cobertos com uma massa branca; até no pano com o qual estava enrolada viam-se manchas desta mesma massa.

Leonardo olhou interrogativamente para o amigo. Este, contudo, correu para fora e examinou os arredores. Quando voltou, respondeu à pergunta silenciosa de Leonardo:

"Entre a minha gente é costume passar nos corpos dos mortos mel de abelha silvestre e depois espalhar sobre o corpo assim preparado peninhas brancas. Essas peninhas têm por objetivo levar a alma dos mortos com mais rapidez para o 'deus Tupã'. Como não vi outra pessoa além do índio morto, presumo que as crianças, conforme nosso antigo costume, tenham preparado a mãe para o vôo ao encontro de Tupã. Naturalmente, como não possuíam peninhas, espalharam flocos de paineira sobre o mel…"

Leonardo e o índio tupi deixaram a cabana, e com seus compridos facões começaram a cavar uma sepultura. A seguir, foram buscar o índio morto no bosque. As crianças olharam o morto como que petrificadas, reconhecendo-o como seu pai. Com as mãozinhas trêmulas, indicaram o medalhão que ele trazia no pescoço.

Pensativo, Leonardo observou o medalhão e virou-se para as crianças.

Um pensamento intuitivo surgiu-lhe à mente. Dirigiu-se rapidamente até a mulher morta na cabana e limpou-lhe o rosto. E reconheceu a sua irmã, Maria Vitória. Seu rosto continuava ainda tão belo como ficara em sua memória. Certamente falecera de morte natural, porque não havia vestígio de nenhum ferimento.

Retomando o medalhão, Leonardo reconheceu-o imediatamente como pertencente a Antônio. Quando a sepultura ficou pronta, Leonardo e o tupi enterraram os dois infelizes: Maria Vitória e Antônio. No mesmo instante e de maneira inexplicável, Leonardo soube que fora o seu pai o assassino de Antônio. Uma imensa tristeza oprimiu todo o seu ser, ao pensar nas duas criaturas que se amavam tanto e que tinham fugido para bem longe; não o suficiente, porém, para que a vingança do pai não as alcançasse.

Posteriormente Leonardo tomou as crianças e levou-as para junto da mãe dele. E a araponga, cujo canto o trouxera até a cabana, acompanhou-os. As crianças haviam criado esse pássaro, o qual se tornara um inseparável companheiro.

Chegando em casa, Leonardo contou aos pais a história das duas crianças. A mãe começou a chorar amargamente. O pai, porém, contou com frieza e indiferença que com as próprias mãos havia assassinado Antônio. Não havia visto Maria Vitória. Para ele, no entanto, era uma grande satisfação saber que agora ela também estava morta. Profundamente chocados, Leonardo e sua mãe olhavam para aquele homem que, devido à sua crueldade e dureza de coração, lhes parecia um estranho.

Pouco tempo depois, devido aos insistentes pedidos de sua mãe, Leonardo construiu uma capelinha sobre o túmulo daqueles que tão tragicamente findaram a sua vida.

— E aqui se encerra a história de nossos antepassados, disse o velho juiz de paz aos filhos. A capela devia estar localizada mais ou menos onde hoje se encontra a casa mal-assombrada. E quem sabe, disse ele com ar risonho, se o nosso cruel antepassado não se encontra ali, à procura de suas vítimas, tornando-se assim, nesse intento, barulhento demais.

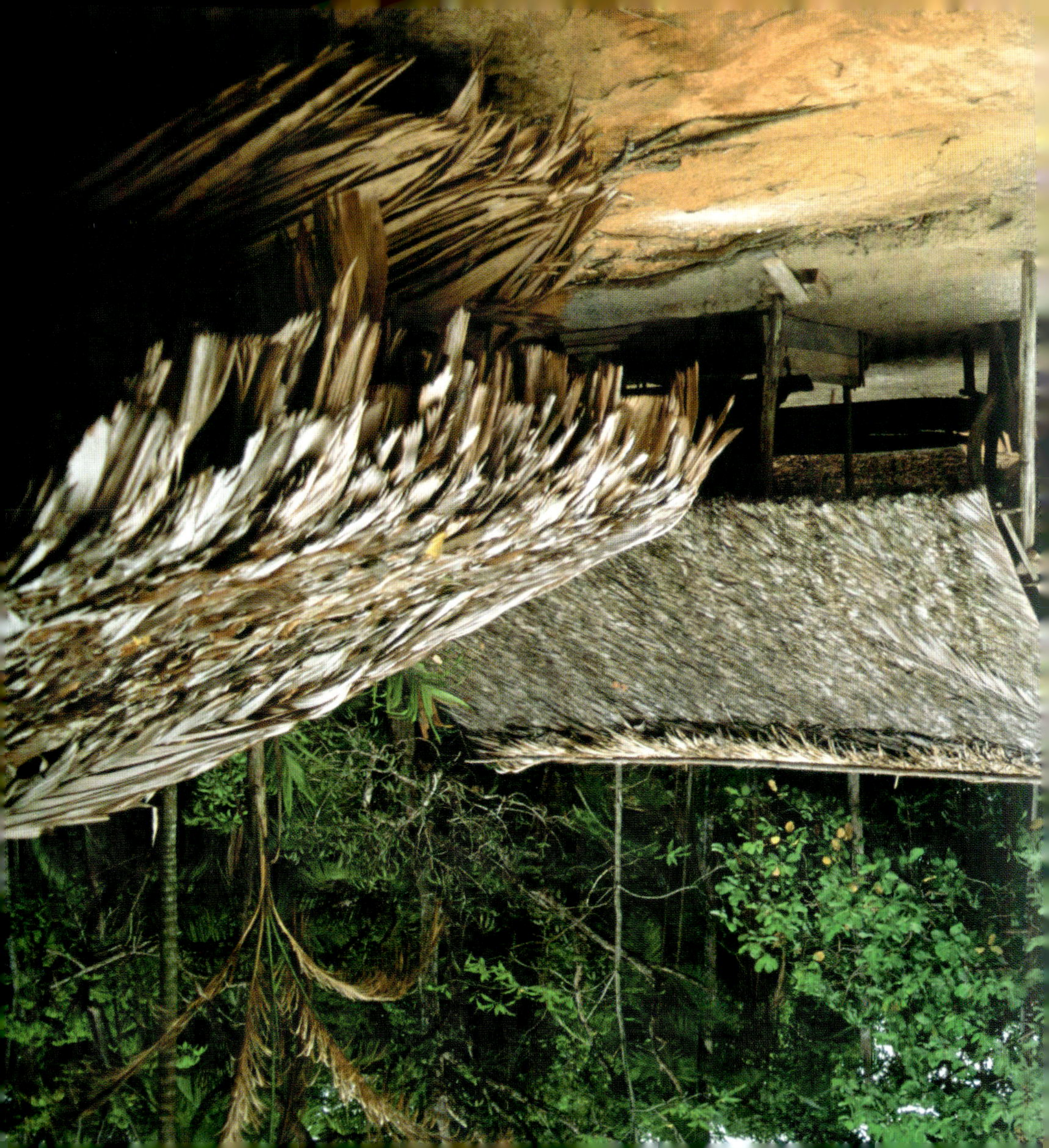

O ser humano recebeu a vida de presente. Terá, porém, de se tornar digno desse presente, se quiser conservá-lo. Deve vivenciar a vida e dar-lhe significado e firmeza através do trabalho!

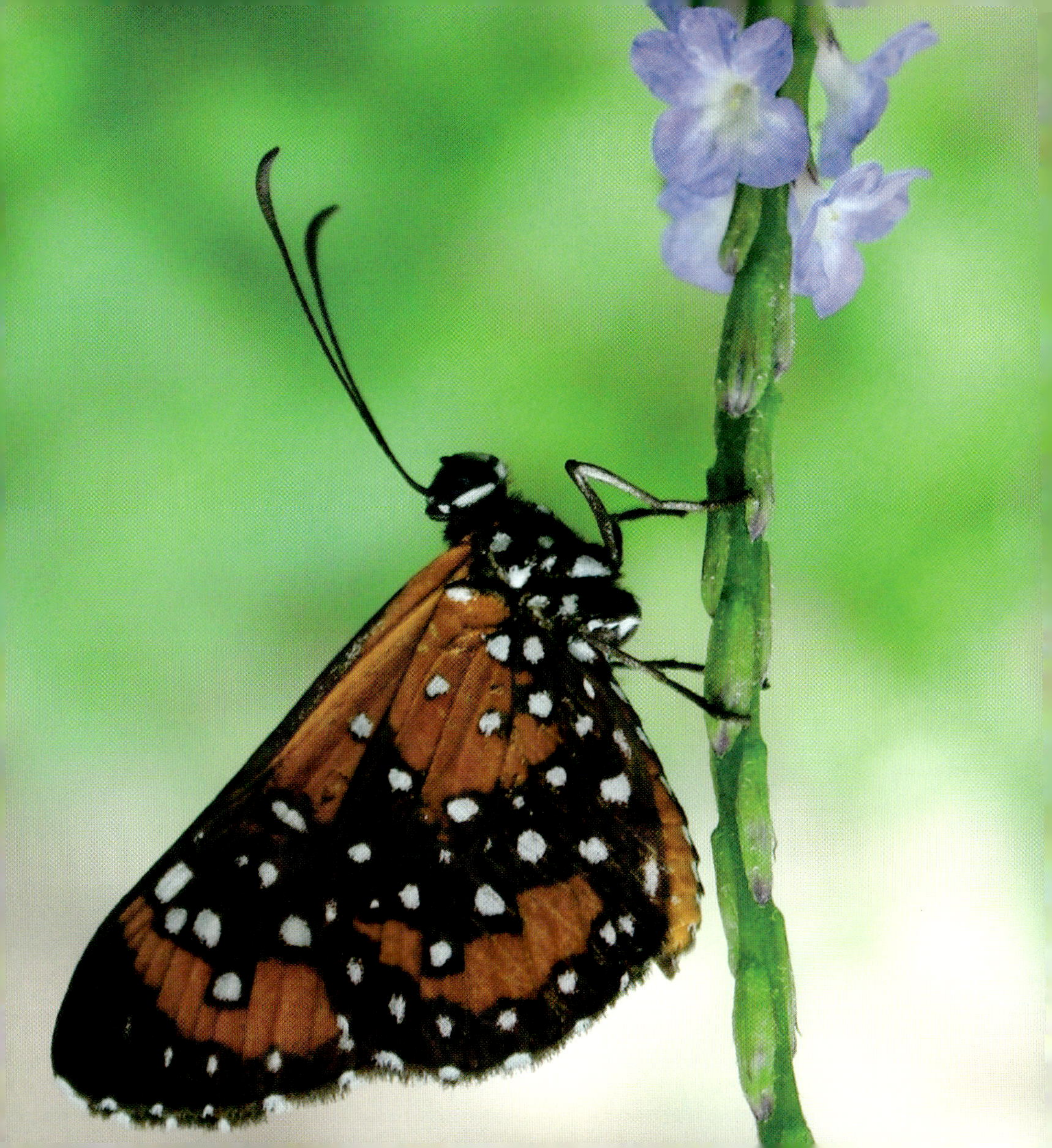

Amenizar
incompatibilidades,
também nisso jaz
amor ao próximo.

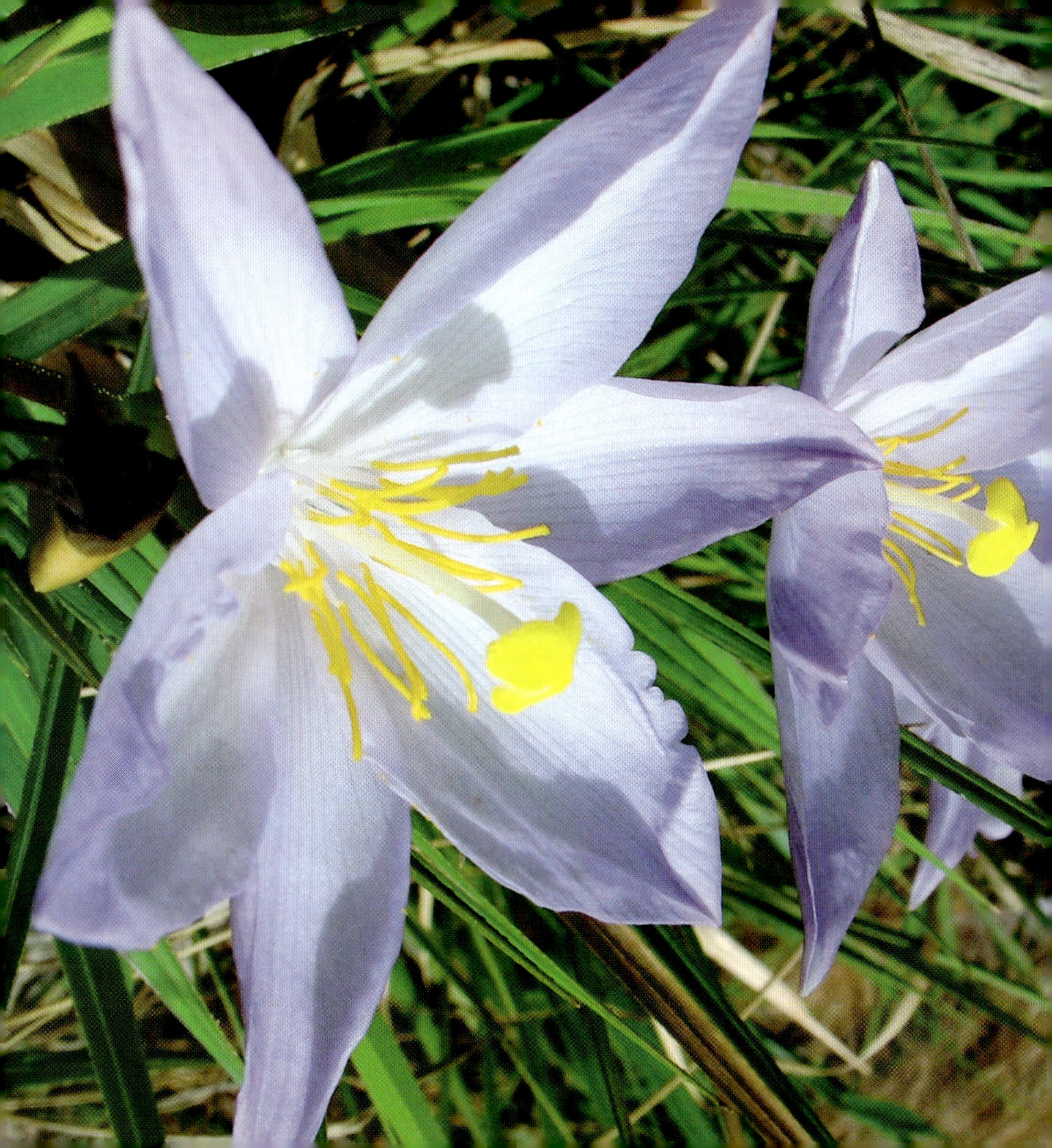

A Criação inteira é uma obra miraculosa, ordenadamente planejada, e funciona em contínuo e imutável equilíbrio. Tudo o que vive se encontra em movimento. Movimento é vida!

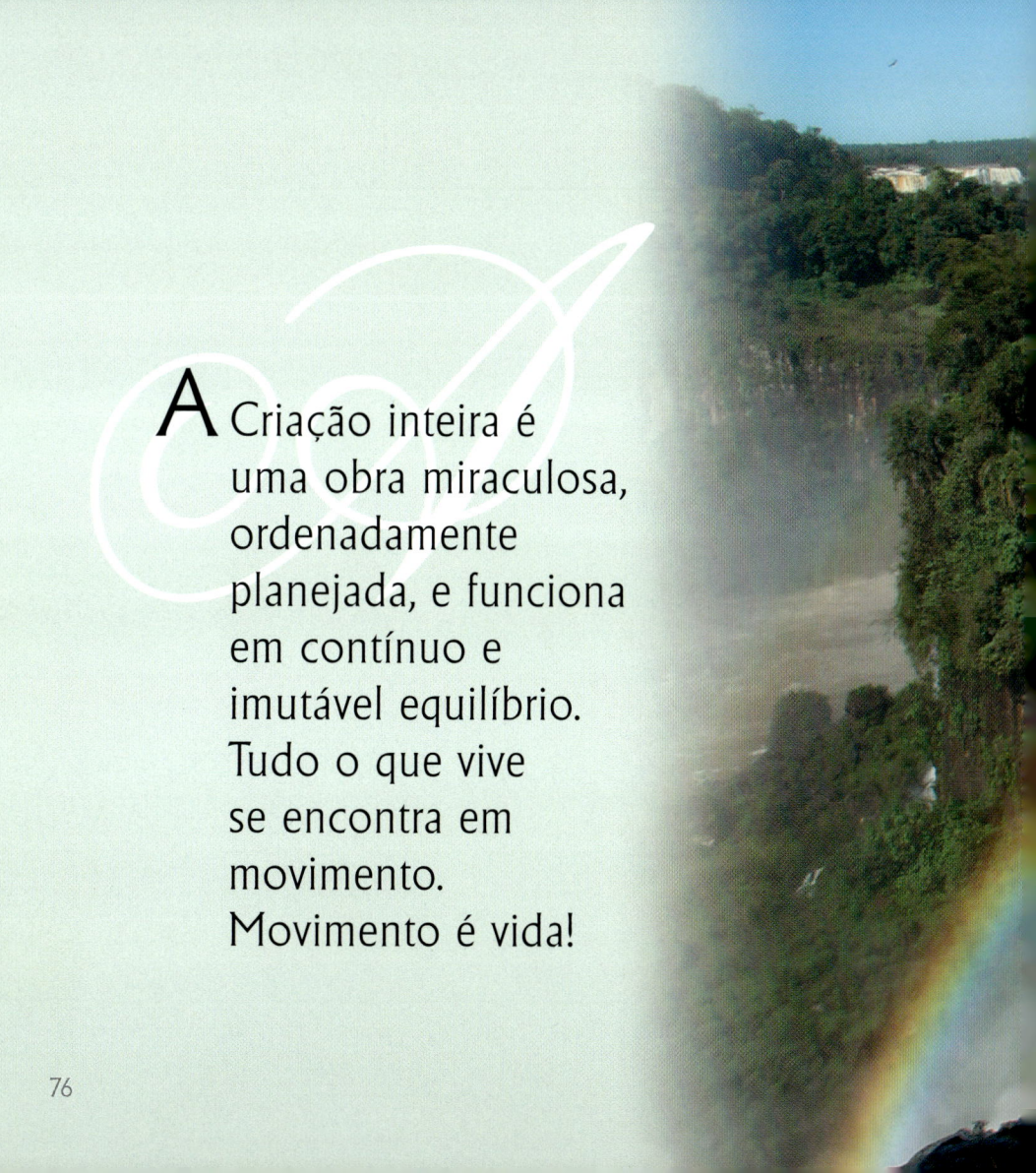

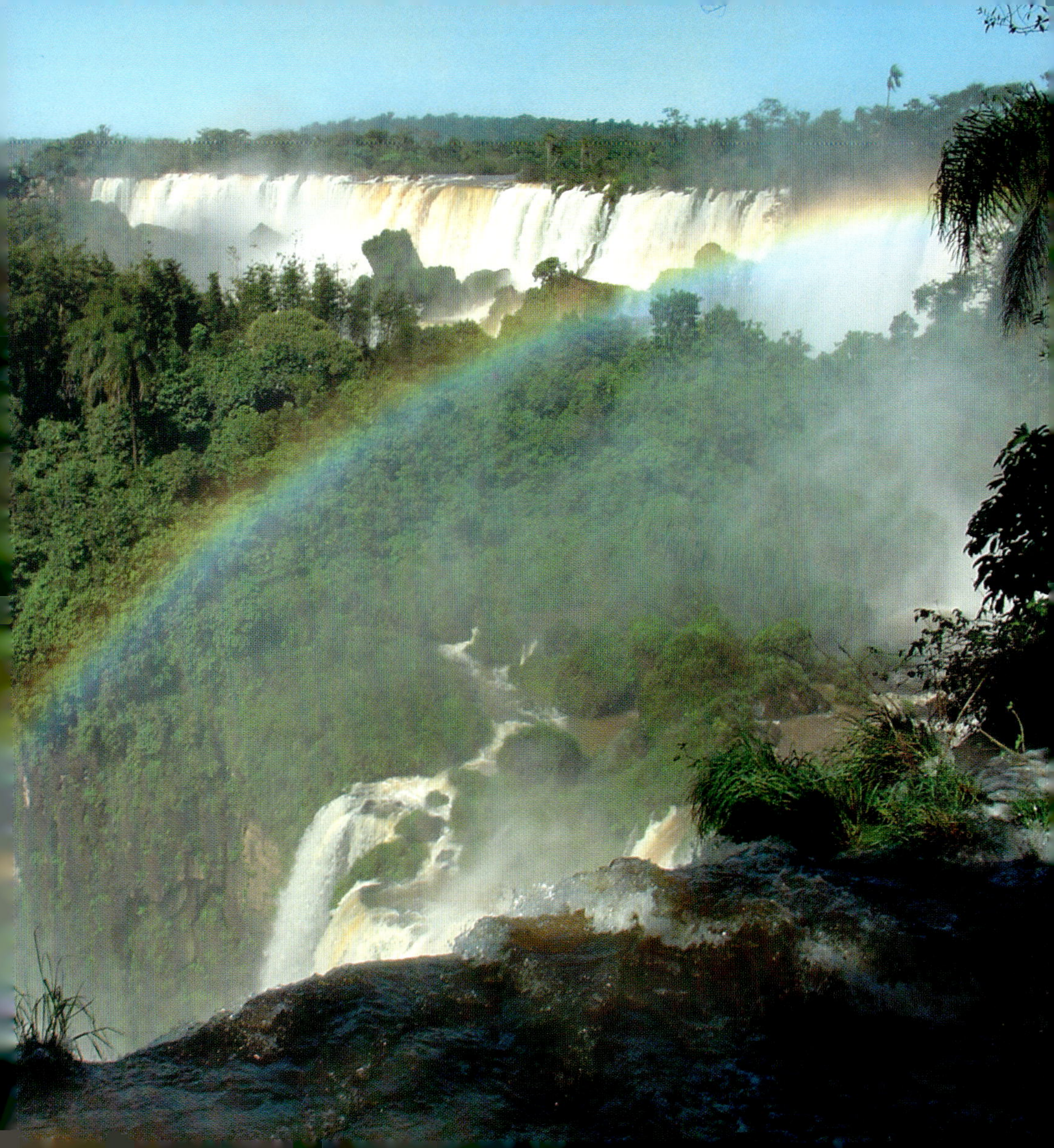

A vida é cheia de milagres! Mesmo para aquele que é doente e julga encontrar-se no lado das sombras... ele recebeu do Criador a maior dádiva... a vida...

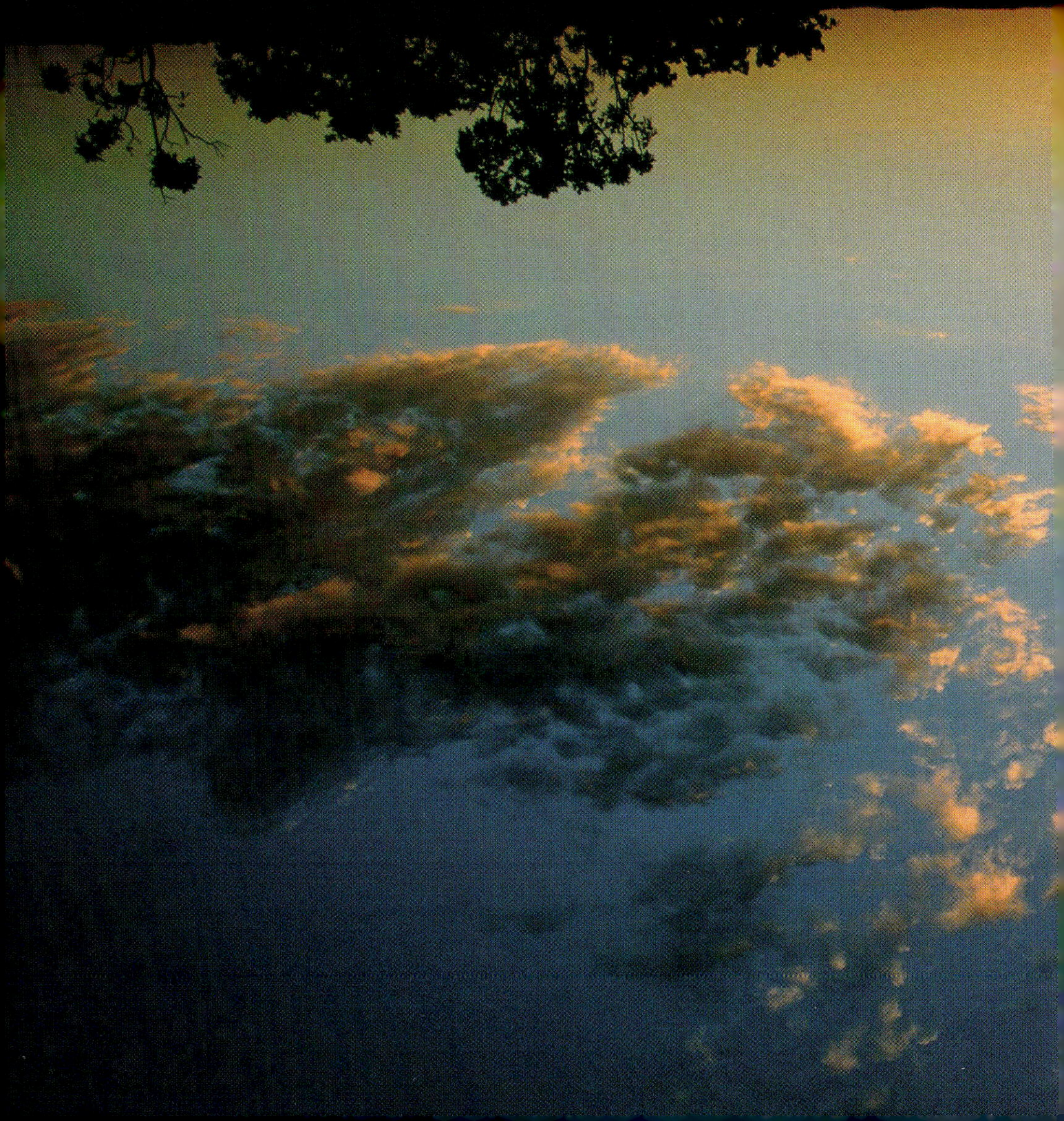

Somente dando é que se pode receber! O ser humano tem de dar algo! Dar! Dar, colocando-se diante da natureza, protegendo-a, bem como os animais que a ela pertencem! Dar, opondo-se com todos os meios à sua disposição aos inúmeros crimes que diariamente, até de hora em hora, são cometidos contra a natureza! Dar, fazendo ouvir sua voz em benefício da natureza, do mais belo presente de Deus!...

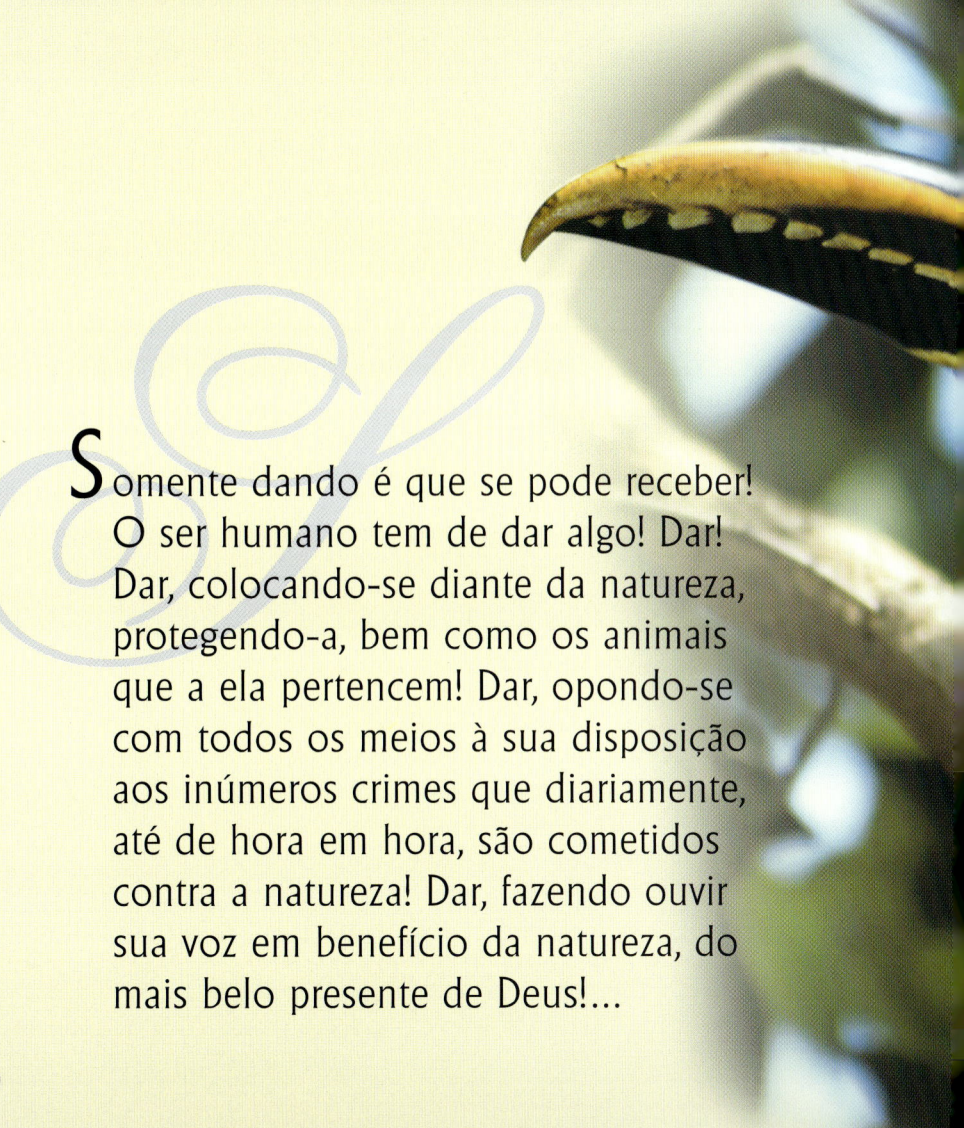

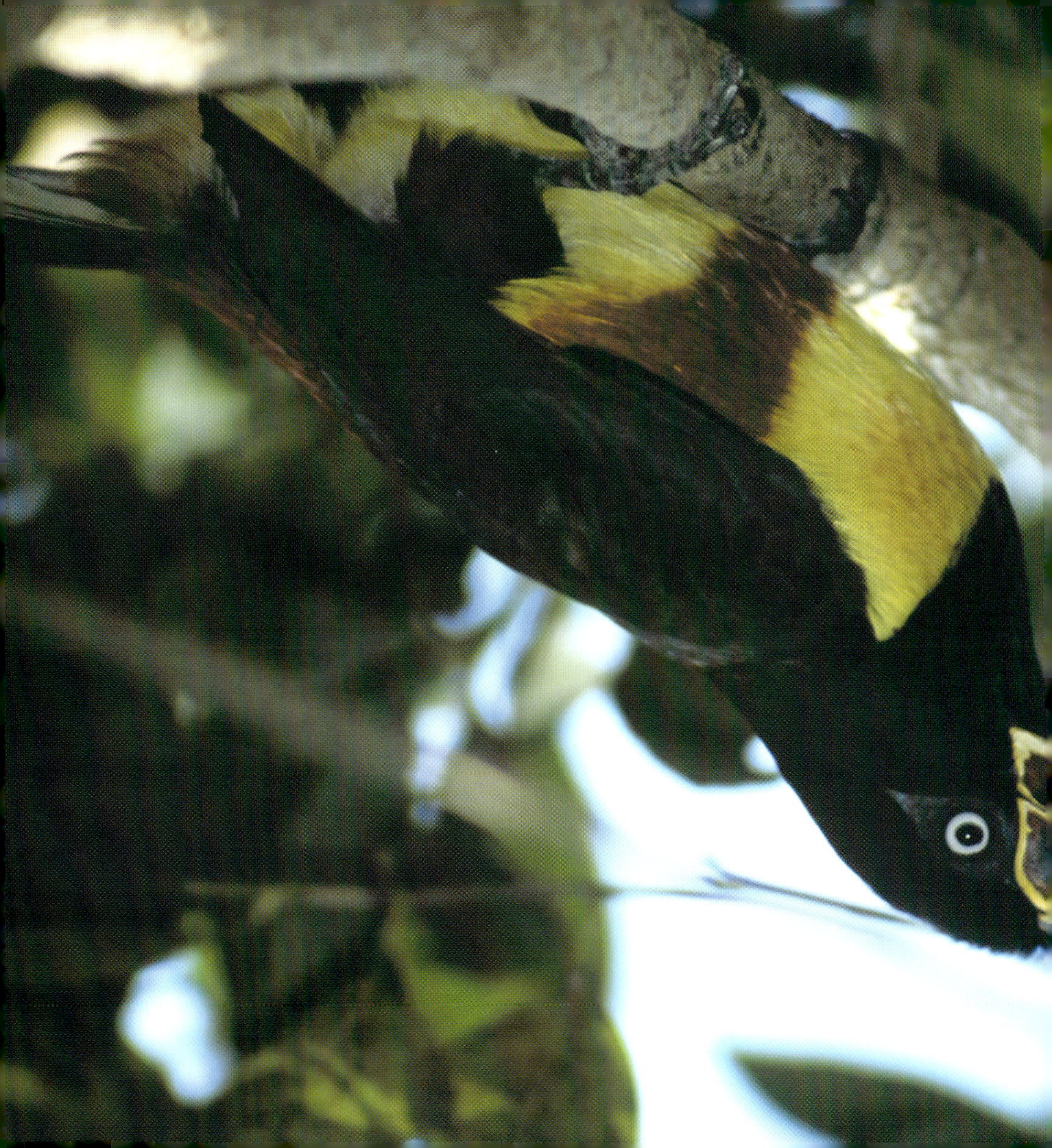

Desde o início, o espaço celeste está tomado de melodias bramantes do ritmo da vida, segundo o qual os astros seguem suas órbitas prescritas. Por toda a parte há movimento. Movimento é uma lei da vida que se efetua na Criação inteira!

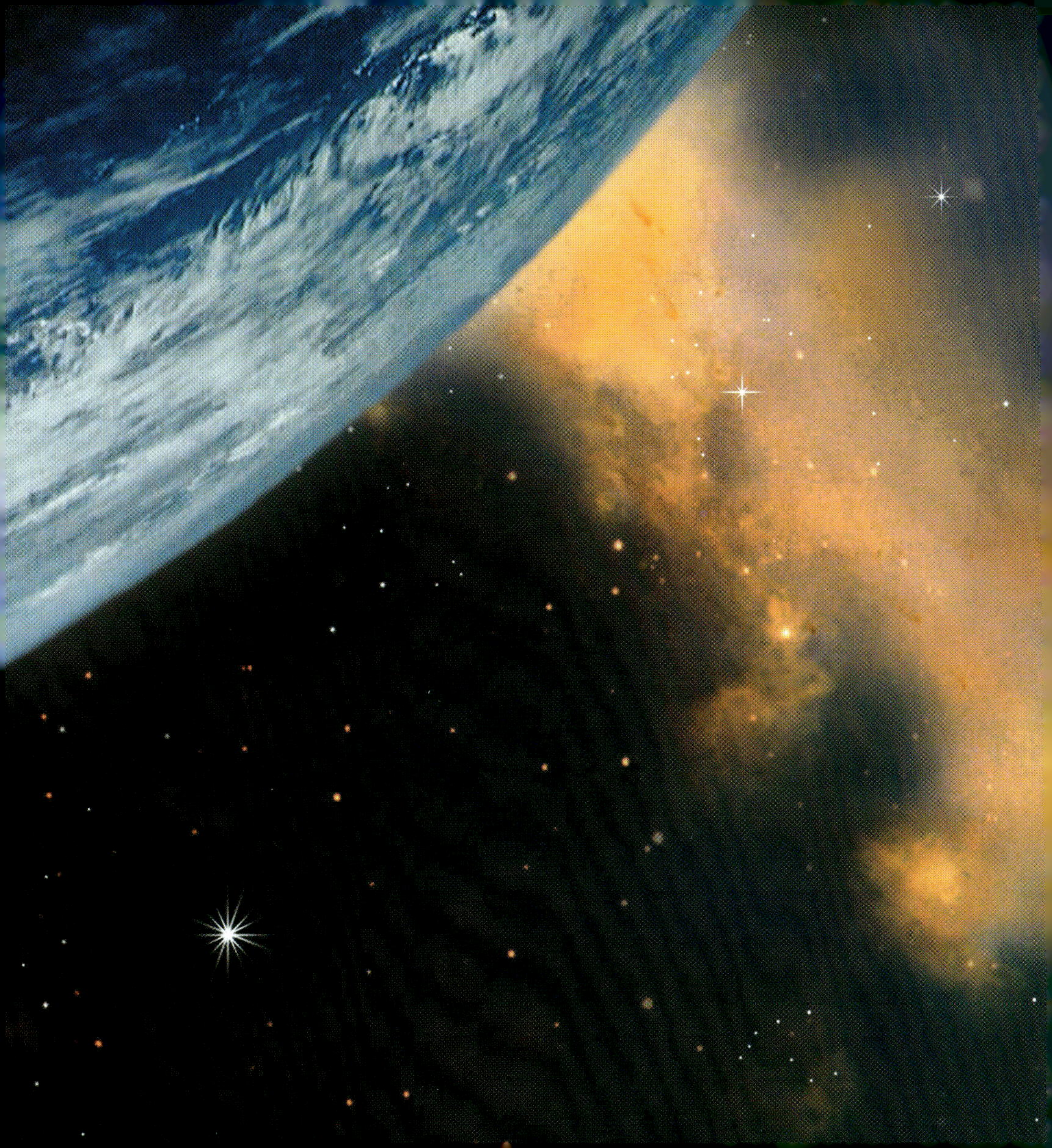

84

Autores

e

Redatores

Conto de Roselis von Sass

Pouco antes de encerrar-se o expediente, um dos colaboradores do jornal ainda trouxe um trabalho. O redator, com ares de recusa, pegou o manuscrito e leu alguns trechos. A nova tendência do autor não lhe agradava em nada. Na atual era do átomo seria necessário ser realista, caso se quisesse progredir.

Depois de rápida leitura, colocou as folhas na escrivaninha e disse:

— Os leitores de nosso jornal não se interessam por coisas sobrenaturais… E quem, aliás, se preocupa hoje com a expressão, tão citada, de que existem muitas coisas entre o céu e a Terra, etc.? Além disso, ninguém gosta de ser lembrado da morte… nem se interessa em saber o que acontecerá depois ou o que sucedeu antes do nascimento… Não, quanto menos um ser humano se ocupar com o assim chamado "sobrenatural", tanto melhor para ele. Deve-se permanecer na superficialidade das coisas… O senhor está esquecendo de que estamos prestes a conquistar o Universo e fabricar crianças em tubos de ensaio. Envelheci encarando a vida sempre de um modo realístico, e da mesma maneira pensam também os nossos leitores!

Depois dessa explanação o redator olhou mal-humorado para o colaborador. Como ele permanecesse calado, perguntou impacientemente se não poderia voltar a escrever histórias leves, agradáveis e humorísticas. Aliás, no estilo que sempre escrevera.

Sorrindo, o autor meneou a cabeça, dizendo:

— Exatamente por nos entregarmos a esperanças ilusórias, como a de poder conquistar o Universo e de estarmos prestes a fabricar crianças através de tubos de ensaio, é que estou farto de escrever coisas superficiais. Apesar de toda essa atitude realística, milhões de seres humanos vivem num contínuo estado de medo! Por que é assim? Além disso, é um erro acreditar que todos os nossos leitores pensam exatamente como o senhor!

O redator fez um gesto negando:

— Nós, como seres humanos de cultura elevada, devemos estar com os pés firmes no chão da vida, acreditando apenas naquilo que vemos!… Nesse momento ele foi interrompido, pois sua esposa entrou na sala da redação, a fim de buscá-lo.

— Estamos hoje com pressa, disse a mulher, desculpando-se com o colaborador. Ontem sonhei nitidamente que minha neta havia adoecido gravemente, de modo que resolvemos partir ainda hoje para junto das crianças, no sítio.

— Sonho? perguntou o colaborador com surpresa, olhando divertido para o casal. Vocês ainda acreditam em sonhos? Pois a senhora não sabe que já conquistamos a Lua, uma vez que da velha e boa Terra presumivelmente pouco restará?!

O redator, sentindo-se pouco à vontade, tomou seu chapéu e empurrou sua esposa para fora, com um olhar fulminante dirigido ao colaborador, que recostado na escrivaninha sorria com o manuscrito na mão.

A mulher do redator disse ao marido:

— Como você pode permitir que um cínico tão frio e desalmado escreva para o nosso jornal? Ele deveria alojar-se na Lua…

Aborrecido e sumamente contrariado, o redator conduziu energicamente a esposa para fora, batendo a porta atrás de si… Pois bem, já deveria ter percebido que a sexta-feira sempre fora um dia de aborrecimentos para ele…

"O que o ser humano semear, ele colherá." Essas palavras de Cristo revelam toda a grandeza nelas contida, mas somente para as pessoas que levam em consideração as suas diversas vidas terrenas. Porque numa única vida nem sempre é possível colher tudo aquilo que foi semeado.

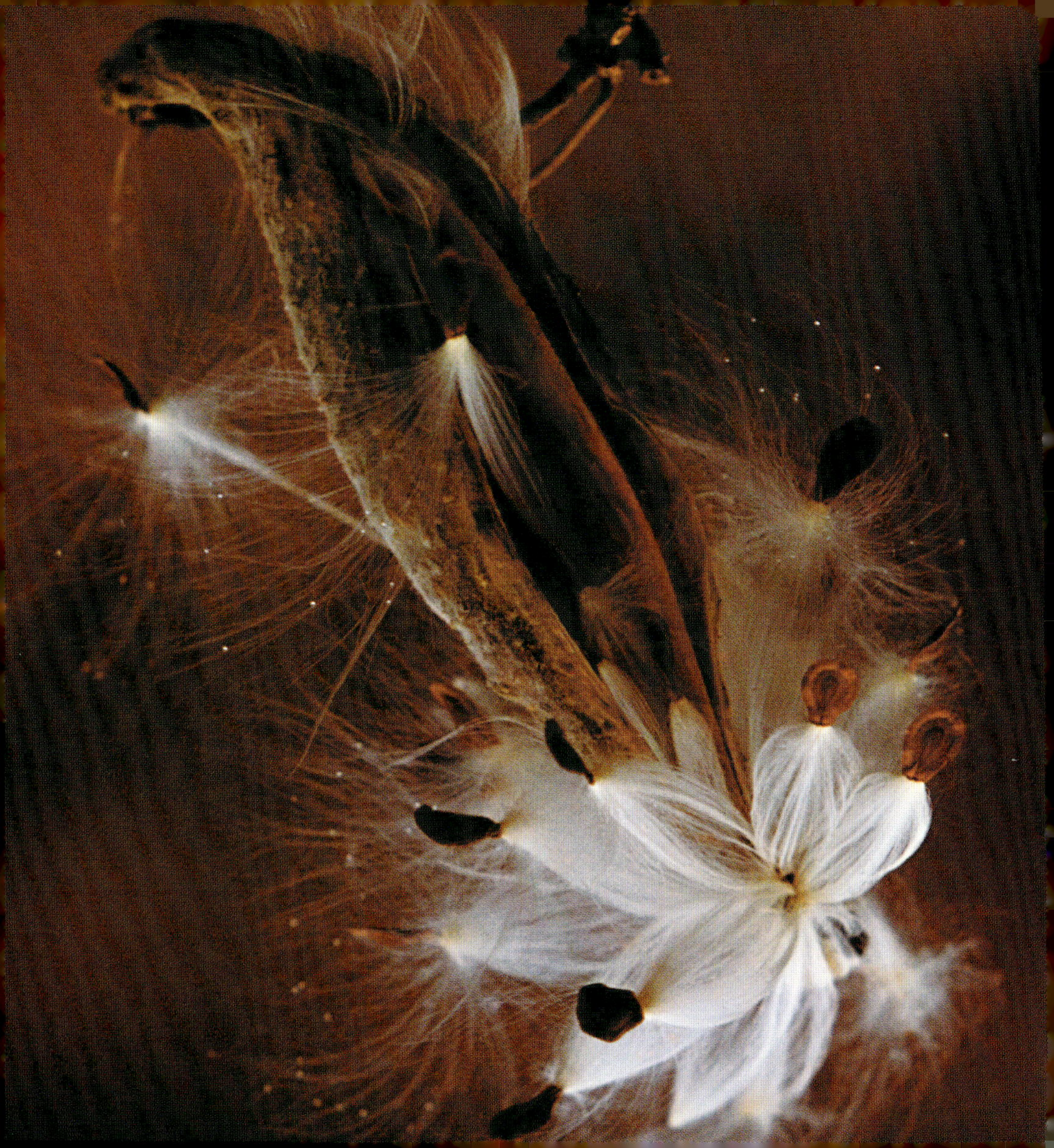

Confiança e força estão
dentro de ti!

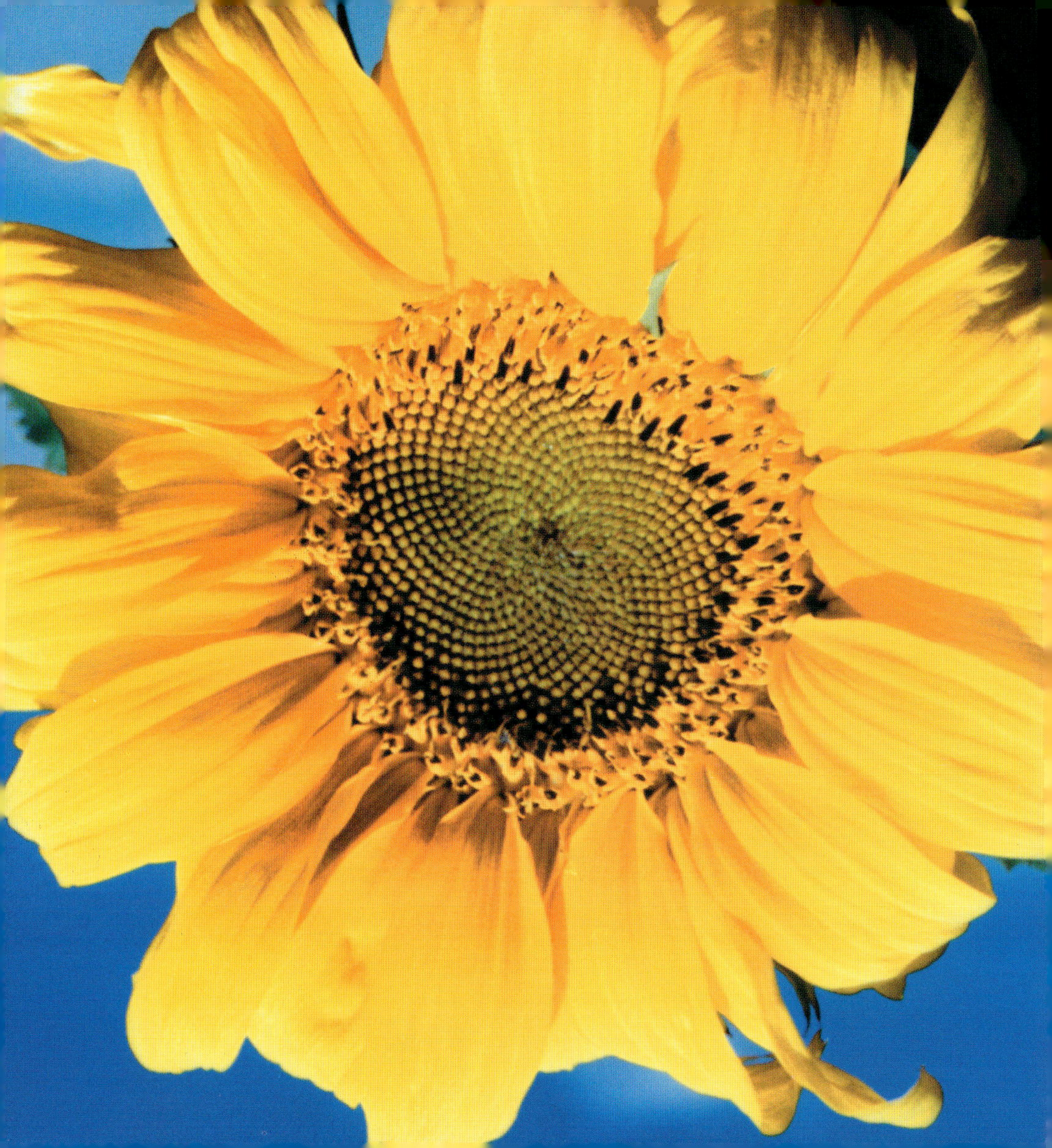

92

Não percas nunca tua humildade, pois a verdadeira humildade constitui riqueza espiritual!

Sê amável para com
os teus próximos.
E verdadeiro nas
palavras e ações.

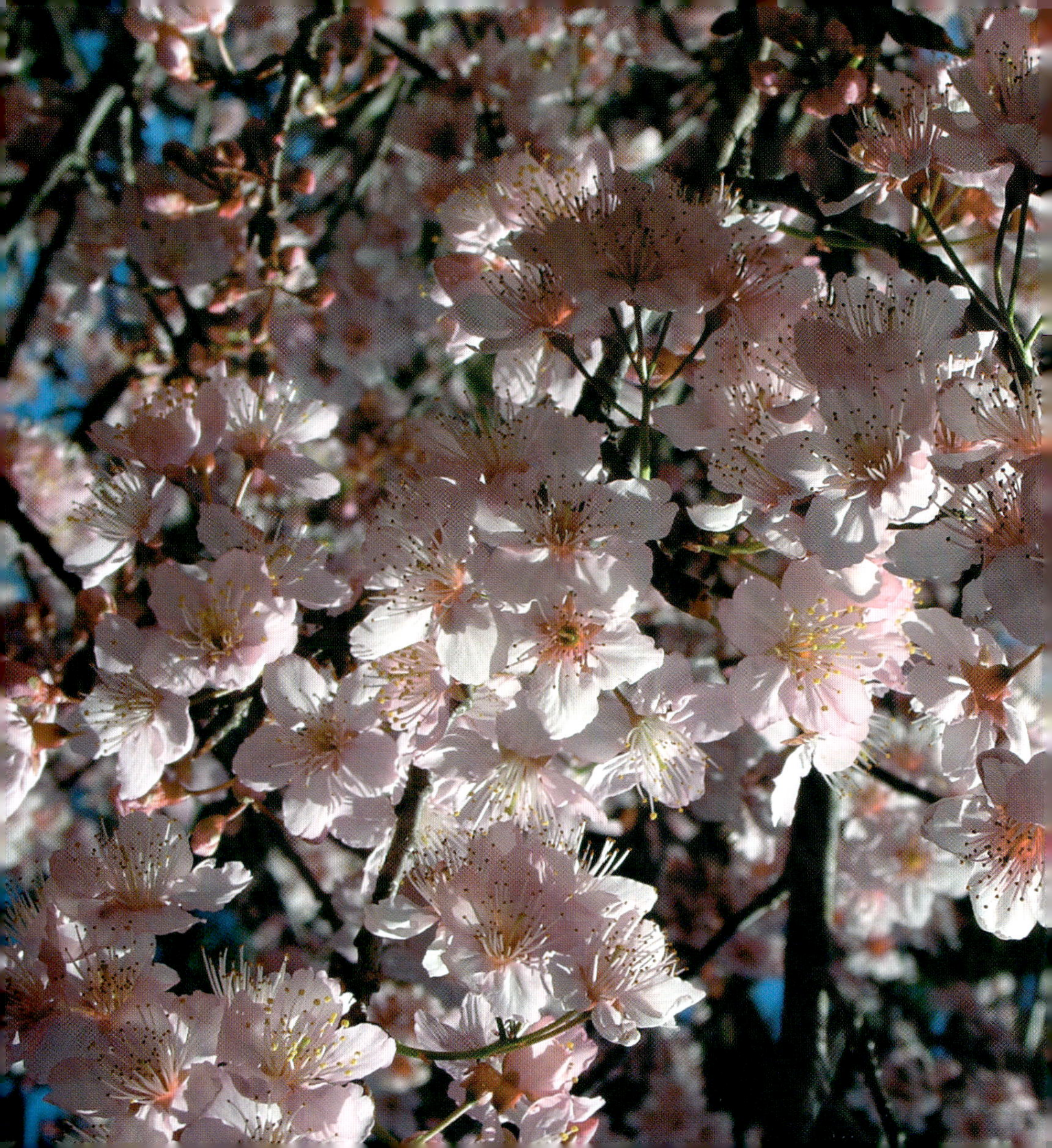

Não sabemos quais as vidas que já vivemos, porém podemos determinar a espécie de nossas futuras vidas. Agora, hoje, a cada hora... pois nosso futuro depende de nossa vida atual! Por isso precisamos estar sempre atentos ao que fazemos e falamos. Se não o fizermos, podemos causar grandes sofrimentos aos nossos semelhantes, por ações e palavras impensadas!

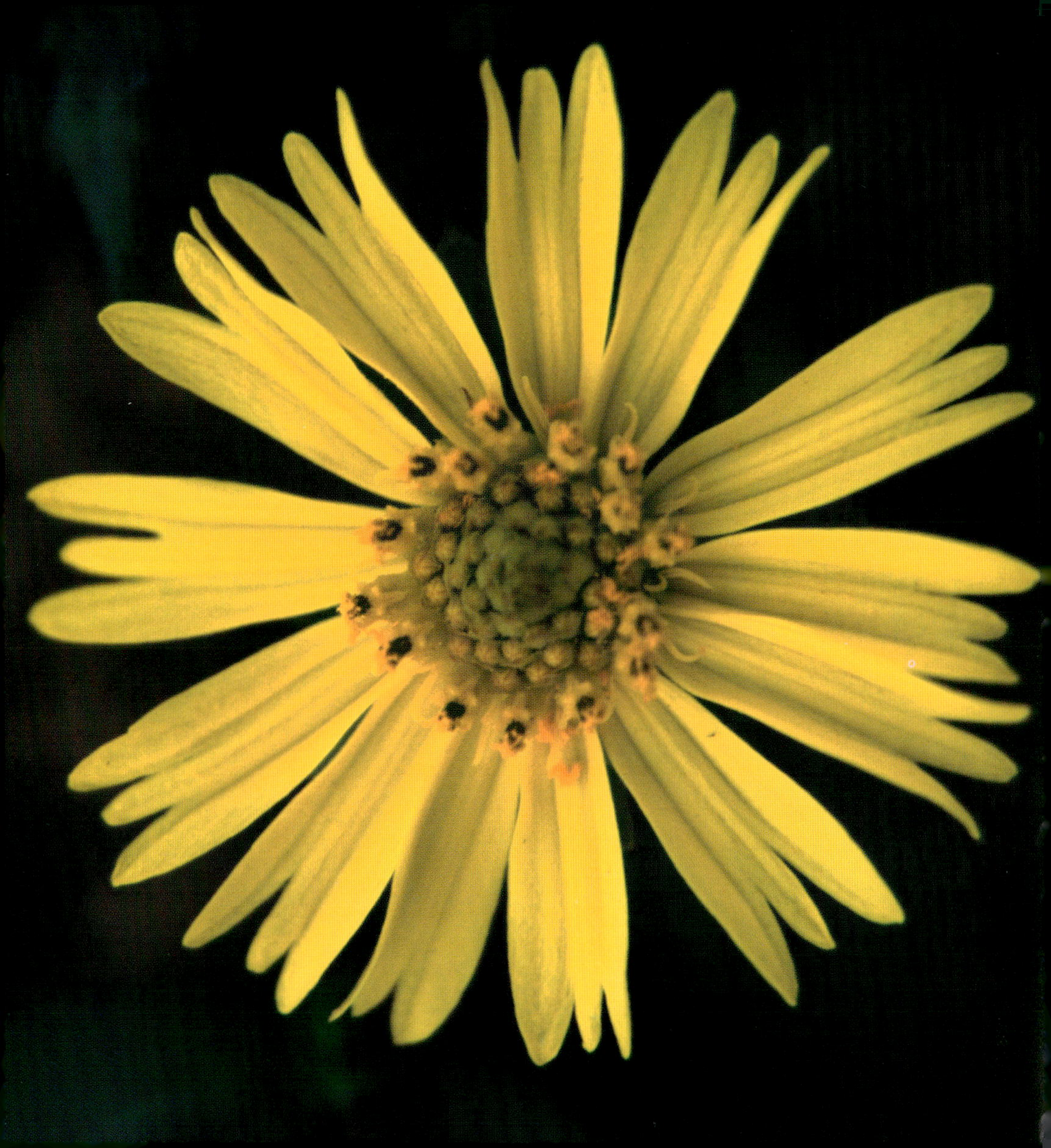

Doenças perturbam o equilíbrio de todas as funções da vida! Contudo, não desespereis! Doenças podem ser grandes mestras de ensino! Procurai, porém, as causas de vossos sofrimentos e, ao encontrá-las, evitai-as no futuro!

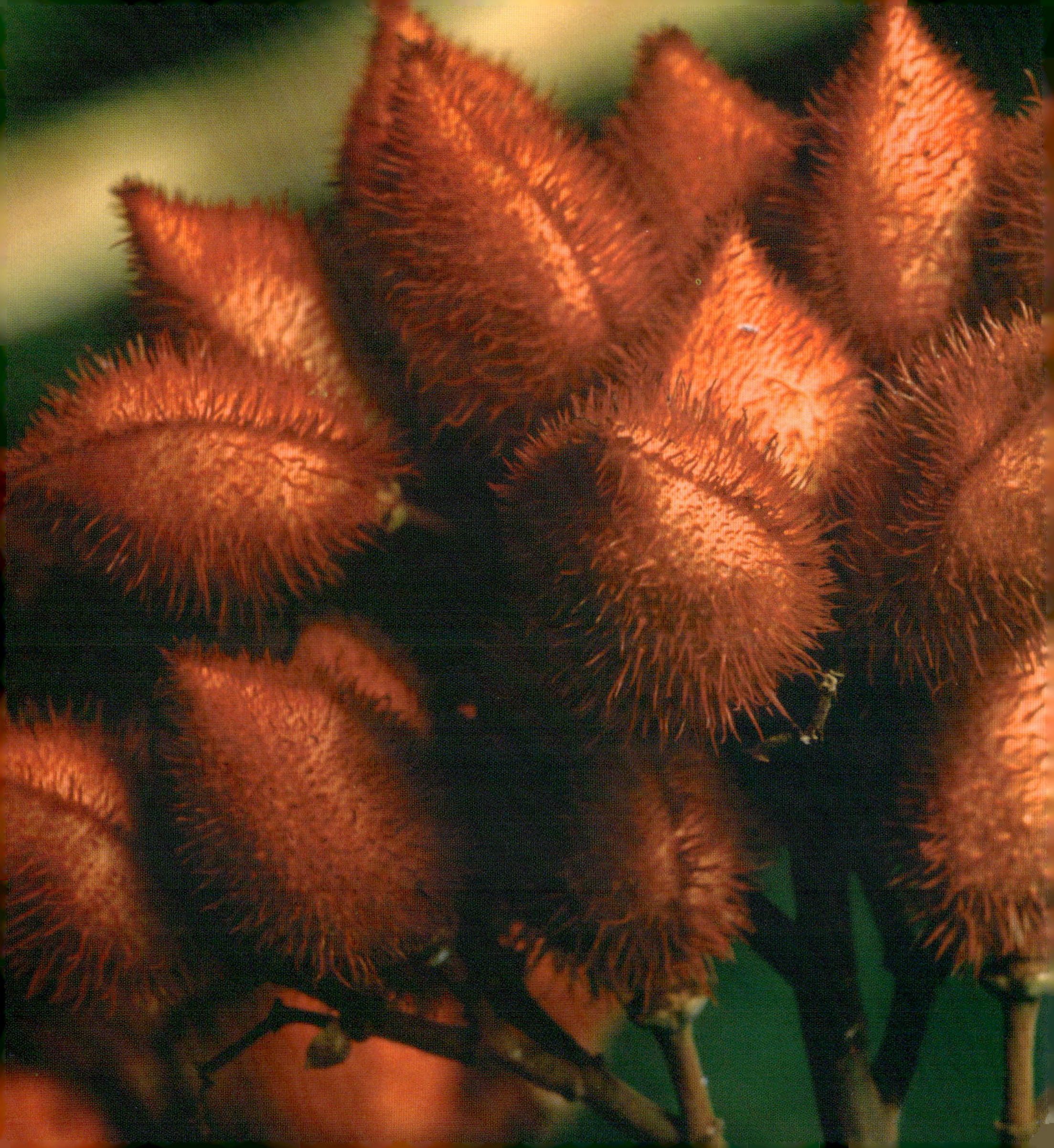

Somente o saber da existência de repetidas vidas terrenas dá esclarecimentos e explicações sobre o "porquê" dos muitos sofrimentos e das aparentes injustiças sob as quais geme a atual humanidade. Crença cega e dúvida quanto à infalível justiça de Deus aumentam apenas o fardo de culpa que cada um carrega consigo.

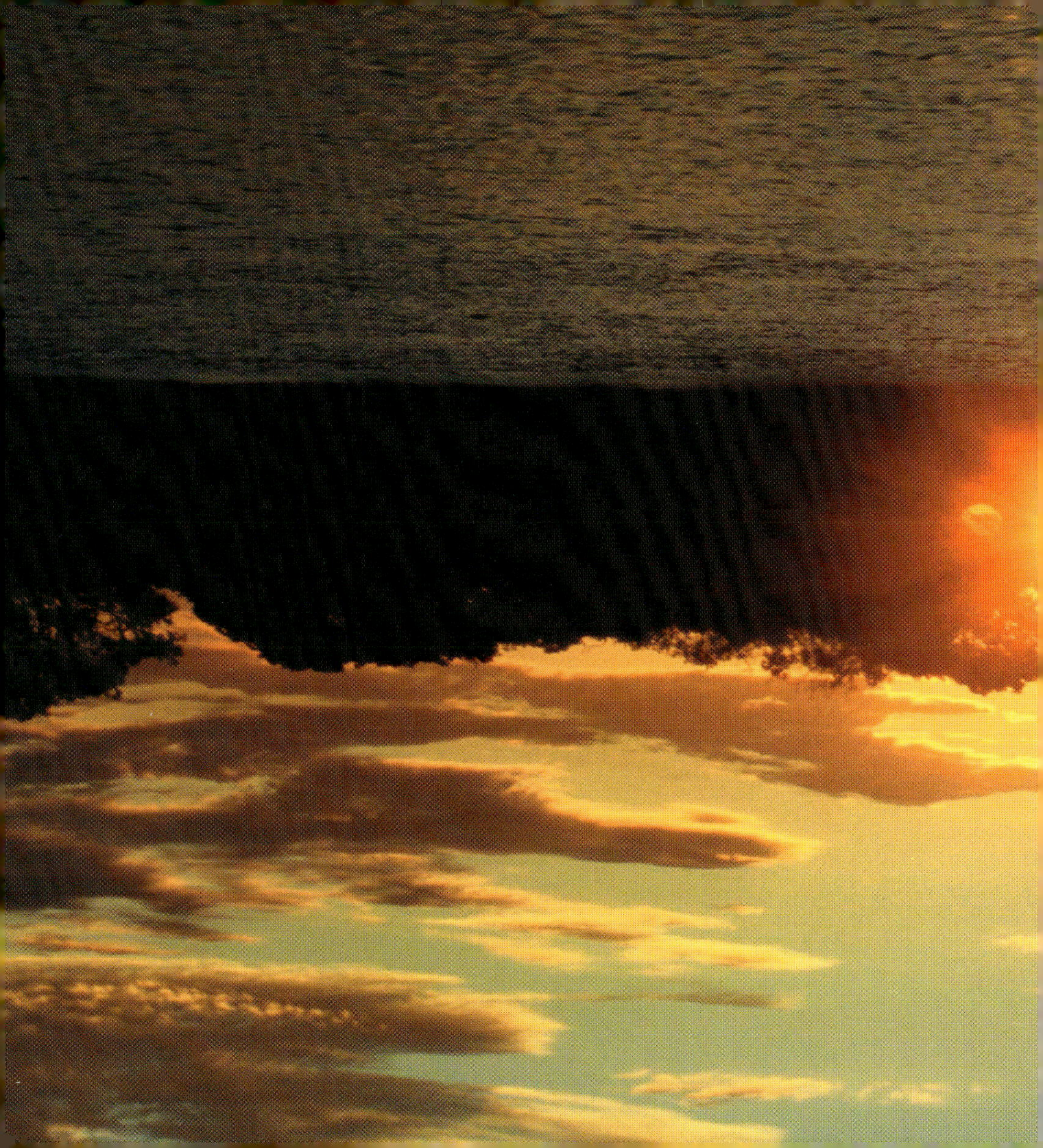

Não desperdiceis vosso tempo.
Ao contrário, preenchei-o com
trabalho... O trabalho traz consigo
contentamento, formando a base
firme da vida cotidiana!

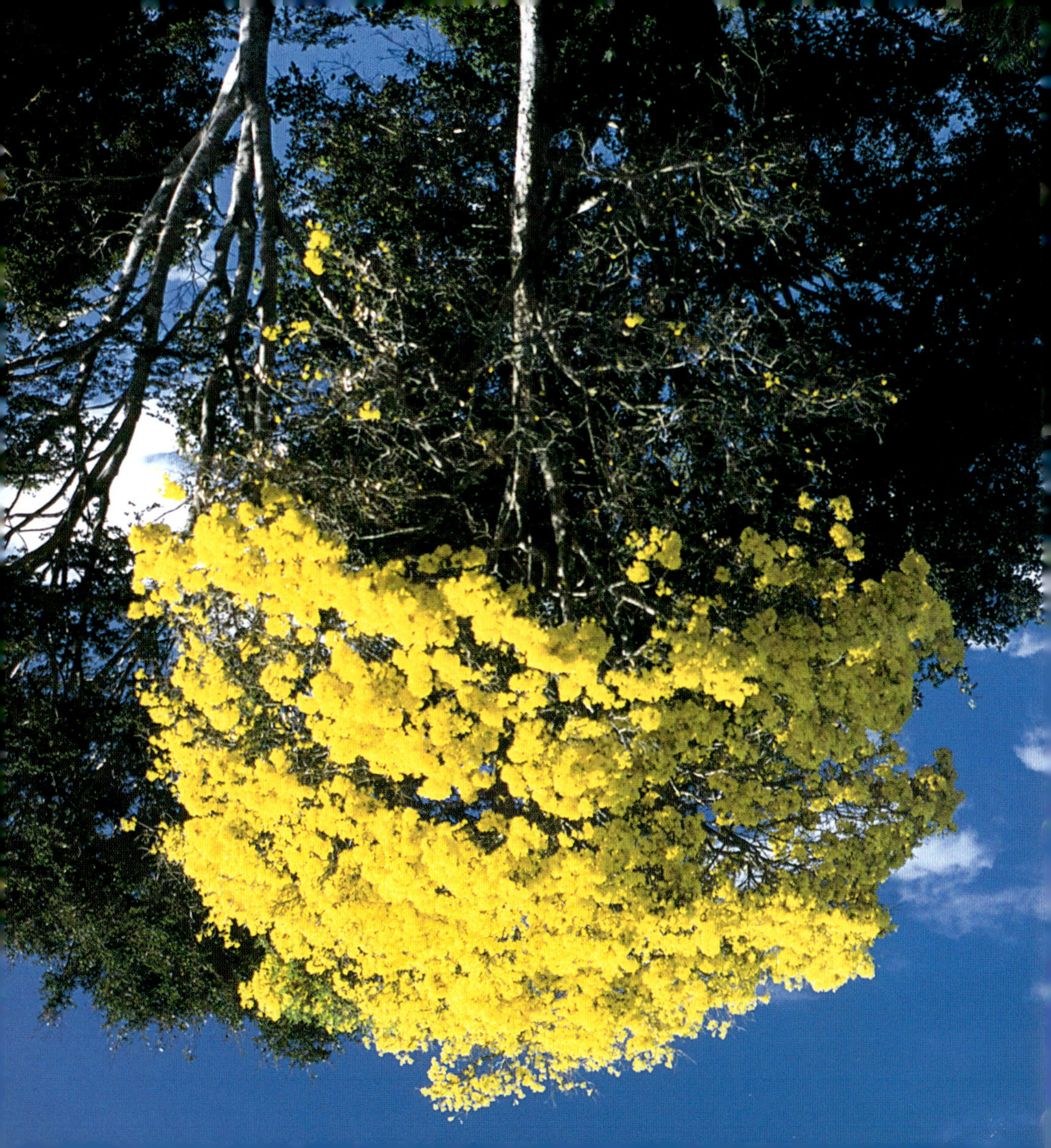

Sempre deveis lembrar-vos de que o mundo onde vos é permitido viver é propriedade do onipotente Criador! Cada árvore, cada pedra, cada flor, cada animal, toda água, cada raio de sol e cada sopro de ar que aspirais originaram-se da força criadora Dele!

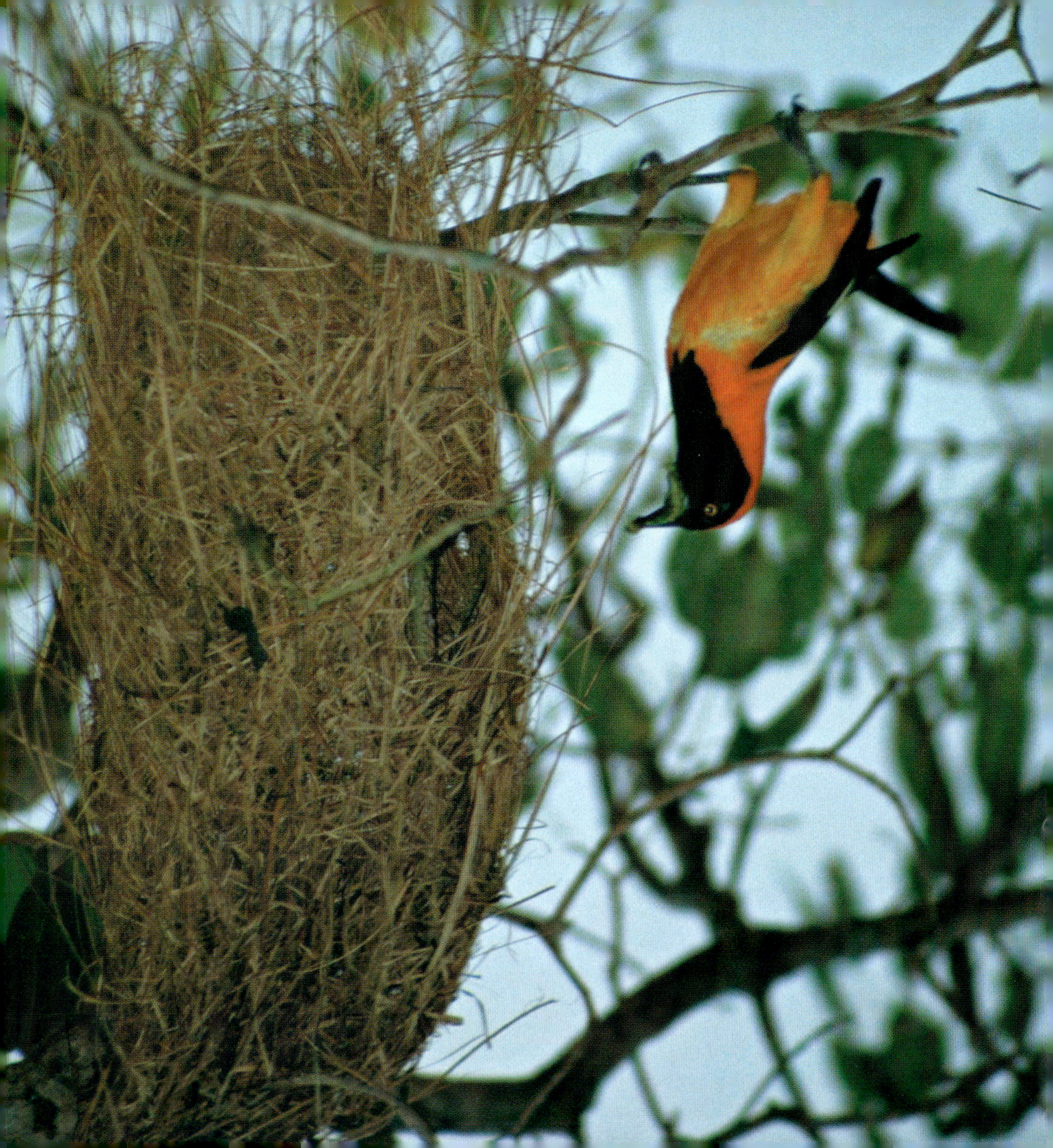

Todos os grandes feitos
nascem no silêncio...

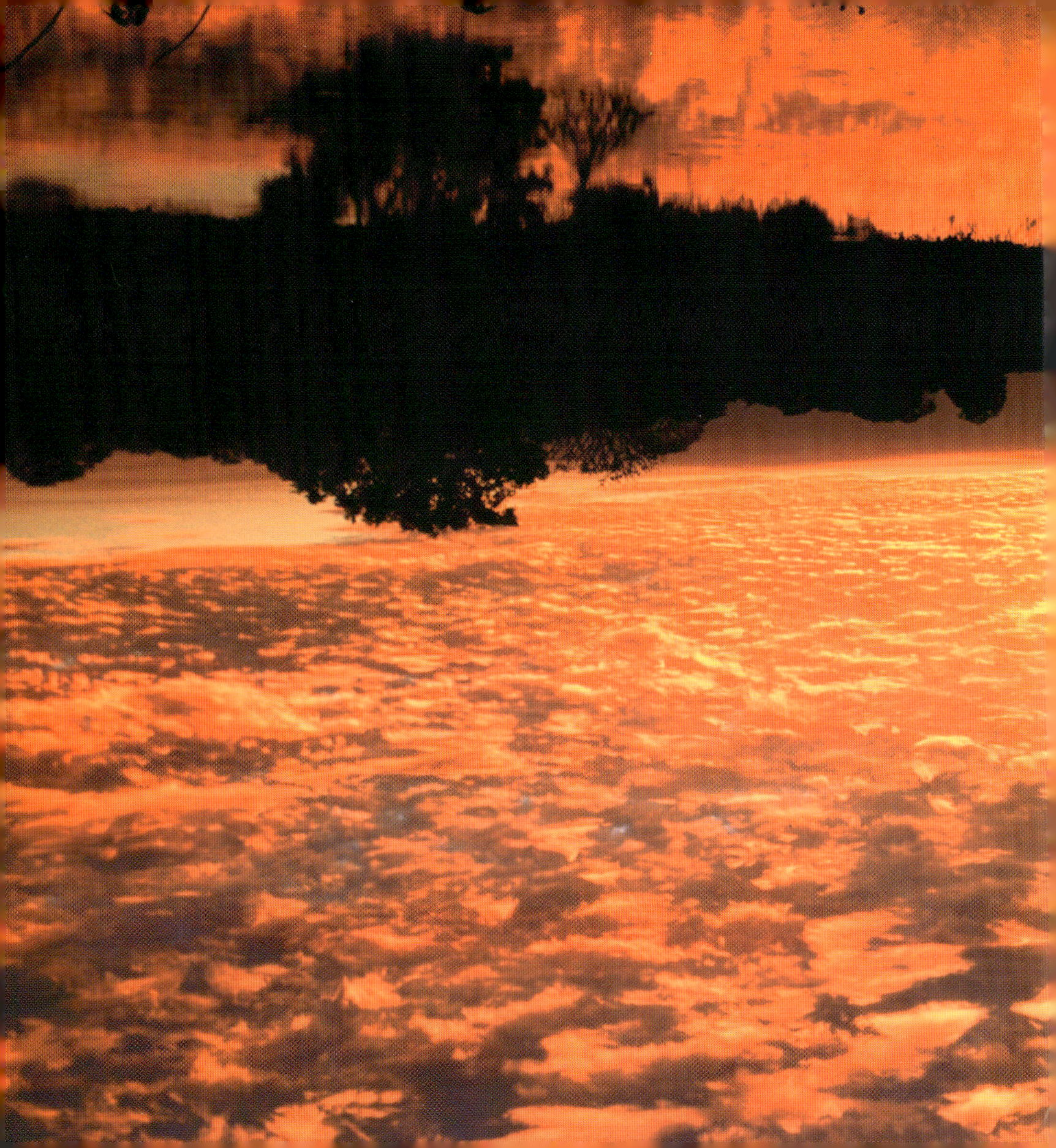

OBRAS DE ROSELIS VON SASS

A GRANDE PIRÂMIDE REVELA SEU SEGREDO
Roselis von Sass

Revelações surpreendentes sobre o significado da Grande Pirâmide, única no gênero. O sarcófago aberto, o construtor da Pirâmide, os sábios da Caldéia, os 40 anos de construção, os papiros perdidos, a Esfinge e muito mais... são encontrados em "A Grande Pirâmide Revela seu Segredo". Uma narrativa que transporta o leitor para uma época longínqua em que predominavam o amor puro, a sabedoria e a alegria.
· ISBN 85-7279-044-6 · 368 p.

FRASES PÁGINAS: 16, 30, 32, 35, 42, 54, 56 e 62

O LIVRO DO JUÍZO FINAL
Roselis von Sass

Existiram deuses na Antiguidade? De onde vieram? Para onde foram?

O enigma das doenças e dos sofrimentos, a morte terrena e a vida no Além, Sono Sonho, Profecias... são alguns dos temas abordados neste livro. · ISBN 85-7279-049-7 · 384 p.

FRASES PÁGINAS: 11, 76, 78 e 100

FIOS DO DESTINO DETERMINAM A VIDA HUMANA
Roselis von Sass

Amor, felicidade, inimizades, sofrimentos!... Que mistério fascinante cerca os relacionamentos humanos! Nos contos e narrativas, Roselis von Sass mostra os caminhos trilhados por vários personagens, as relações humanas e as escolhas presentes, capazes de determinar o futuro. O aparente mistério desaparece rapidamente, ao se verificar que fios do destino tecem constantemente ao redor de cada um, trazendo-lhe de volta tudo o que lançou no mundo. · ISBN 85-7279-045-4 · 224 p.

CONTOS E FRASES PÁGINAS: 8, 80 e 88

SABÁ, O PAÍS DAS MIL FRAGRÂNCIAS
Roselis von Sass

Feliz Arábia! Feliz Sabá! Sabá de Biltis, a famosa rainha que desperta o interesse de pesquisadores da atualidade. Sabá dos valiosos papiros com os ensinamentos dos antigos "sábios da Caldéia". A famosa viagem da rainha de Sabá, em visita ao célebre rei judeu, Salomão. Em uma narrativa atraente e romanceada, a autora traz de volta os perfumes de Sabá, a terra da mirra, do bálsamo e do incenso, o "país do aroma dourado"! · ISBN 85-7279-066-7 · 416 p.

FRASE PÁGINA: 52

REVELAÇÕES INÉDITAS DA HISTÓRIA DO BRASIL
Roselis von Sass

Acompanhe os detalhes surpreendentes das árduas lutas da Imperatriz Leopoldina e de José Bonifácio pela Independência do Brasil; desmistifique D. Pedro I e conheça as tramas de Carlota Joaquina. Descubra ainda a origem dos guaranis e dos tupanos, "as amazonas", e os motivos que levaram à escolha de Brasília como capital.

Uma envolvente viagem pelas origens e caminhos de um país cercado por uma forte condução! · ISBN 85-7279-059-4 · 256 p.

FRASES PÁGINAS: 36 e 104

ATLÂNTIDA. PRINCÍPIO E FIM DA GRANDE TRAGÉDIA
Roselis von Sass

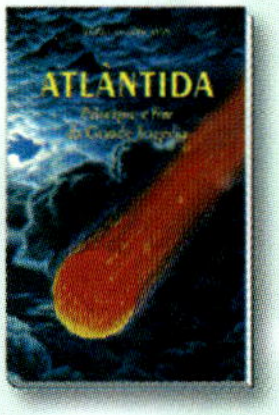

Atlântida, a enorme ilha de incrível beleza e natureza rica, que desapareceu da face da Terra em um dia e uma noite...

Roselis von Sass descreve os últimos 50 anos da história desse maravilhoso país. Uma gigantesca transformação se fazia necessária. O povo, insistentemente advertido a migrar para outras regiões, poderia ter sido salvo por completo. Porém, nem todos atenderam aos chamados... · ISBN 85-7279-036-5 · 176 p.

FRASE PÁGINA: 40

A Verdade sobre os Incas
Roselis von Sass

O povo do Sol, do ouro e de surpreendentes obras de arte e arquitetura. Como puderam construir incríveis estradas e mesmo cidades em regiões tão inacessíveis?

Um maravilhoso reino que se estendia da Colômbia ao Chile. Roselis von Sass revela os detalhes da invasão espanhola e da construção de Machu-Picchu, os amplos conhecimentos médicos, os mandamentos de vida dos Incas e muito mais. · ISBN 85-7279-053-5 · 288 p.

FRASES PÁGINAS: 6, 13, 39, 58, 72, 74, 94, 96, 98 e 102

África e seus Mistérios
Roselis von Sass

"África para os africanos!" é o que um grupo de pessoas de diversas cores e origens buscava, pouco tempo após o Congo Belga deixar de ser colônia. Queriam promover a paz e auxiliar seu próximo.

Um romance emocionante e cheio de ação. Deixe os costumes e tradições africanas invadirem o seu imaginário! Surpreenda-se com a sensibilidade da autora ao retratar a alma africana! · ISBN 85-7279-057-8 · 336 p.

FRASE PÁGINA: 106

Os Primeiros Seres Humanos
Roselis von Sass

Conheça relatos inéditos sobre os primeiros seres humanos que habitaram a Terra e descubra sua origem. Uma abordagem interessante sobre os primórdios do nascimento do nosso planeta e a formação dos berços da humanidade com sua extraordinária beleza.

Desvenda também enigmas como: o Homem de Neanderthal, as Eras Glaciais, os períodos de desenvolvimento humano e muito mais... · ISBN 85-7279-055-1 · 160 p.

FRASES PÁGINAS: 14, 61 e 82

O NASCIMENTO DA TERRA
Roselis von Sass

Qual a origem da Terra e como se formou? O trabalho minucioso e incansável de preparação do planeta para a chegada dos seres humanos é descrito em detalhes pela autora.

Roselis von Sass retrata a vida ocorrida em intervalos de bilhões, milhões e milhares de anos. A descrição do incessante e insuperável trabalho dos seres da natureza, que construíram a Terra e todos os astros a fim de possibilitar a encarnação dos seres humanos, é foco desta narrativa. · ISBN 85-7279-047-0 · 176 p.

FRASE PÁGINA: 93

A DESCONHECIDA BABILÔNIA
Roselis von Sass

Entre nesse cenário e aprecie uma das cidades mais significativas da Antiguidade, conhecida por seus Jardins Suspensos, pela Torre de Babel e por um povo ímpar – os sumerianos – fortes no espírito, grandes na cultura. · ISBN 85-7279-063-2 · 304 p.

FRASES PÁGINAS: 4 e 90

CRÉDITOS DAS IMAGENS

Corbis
Páginas: 38-39, 89 e 92-93

Indaia Emília Schuler Pelosini
Páginas: 18, 76-77 e 94-95
60-61 montagem sobre imagens da NASA/JPL
83 e 84-85 montagens sobre imagens da Internet

Ismael Nobre
Páginas: 8-9, 32-33, 64-65 e 100-101

Marcelo Okamura
Páginas: 52-53

Marcos Schroeter
Páginas: 42-43

Paulo Buchabqui Rodrigues
Páginas: 10-11, 62-63 e 90-91

Roberto Okamura
Páginas: 14-15, 16-17, 72-73 e 74-75

Sílvio Vince Esgalha
Páginas: 103

Waldemar Manfred Seehagen
Páginas: 4-5, 6-7, 12-13, 30-31, 34-35, 37, 40-41, 44, 54-55, 56-57, 58-59, 78-79, 80-81, 96-97, 98-99, 105 e 106-107